中国短经典

FUSHUN 抚　顺

STORIES 故　事　集

ZHAO SONG 赵　松　著

人民文学出版社

图书在版编目(CIP)数据

抚顺故事集/赵松著. —北京:人民文学出版社,2021
(中国短经典)
ISBN 978-7-02-016626-8

Ⅰ. ①抚…　Ⅱ. ①赵…　Ⅲ. ①短篇小说-小说集-中国-当代　Ⅳ. ①I247.7

中国版本图书馆 CIP 数据核字(2020)第 174005 号

责任编辑　**甘　慧　郁梦非**

出版发行　**人民文学出版社**
社　　址　**北京市朝内大街 166 号**
邮　　编　**100705**
网　　址　**www.rw-cn.com**

印　　刷　**山东临沂新华印刷物流集团有限责任公司**
经　　销　**全国新华书店等**

字　　数　**97 千字**
开　　本　**889×1194 毫米　1/32**
印　　张　**5.625**
插　　页　**2**
版　　次　**2021 年 3 月北京第 1 版**
印　　次　**2021 年 3 月第 1 次印刷**

书　　号　**978-7-02-016626-8**
定　　价　**59.00 元**

如有印装质量问题,请与本社图书销售中心调换。电话:010-65233595

目录

浑　河

我们都叫它“北河”。是辽河的一条支流，源自东部山区。跟别的河流不同，它是向西流的。在出山之前，被大伙房水库截了流，所以它的流量是可控的。水库蓄水时，河水就很清浅，可以蹚水过河。洪汛期，水库放水，它就成了一条大河，浊流奔涌，河面宽阔。水浅的时候，我们常去河里玩，最深处也不过是及腰深，水很清澈，能看到水底的沙石，还有小鱼……要是把头扎入水中，都能看到几米外的人腿和裤衩的颜色。那时水库放水事先是没有通知的，偶尔就会有人被水卷走。有钓鱼的人，有蹚水过河的人，也有在沙滩上晒太阳的人。水最大的那年，还卷走过一个刚高考完的高中生，他骑着自行车经过河堤路时，正好洪峰也过来了。上世纪八十年代末期，河水就开始变臭了。沿岸的那些工厂，都往河里排污，尤其是那几个炼油厂。河床上到处都是臭油，水浅时一脚踩上去都洗不掉。经常有被毒死的小白鳔子鱼，漂在深灰色的水面上。就算是没有死，那些鱼也是不能吃的……破开膛，里面就会涌出一股极难闻的臭油味。等到水库放水之后，情况才会缓解，然后过不了几天又会被新一轮排污搞臭。不管怎么样，我们是不会去那里游泳了。九十年代中期，政府在穿过市中心北面的那段河道里修了几道充气橡胶坝，用来调节水流量。水库不泄洪的时候，那里就成了水上乐园，会有水上自行车或者脚踏船之类的让人玩儿。也是因为这些充气橡胶坝，在水不多的时候，你几乎看不出河是在流动的，那灰亮的水面实在太过平滑了。

诗　人

有时候，某些理想，对于某些人来说，从一开始就注定是悲剧的结果。原因往往不是别的什么，只不过是天真。这样说，丝毫没有贬义，当然也没有要引申出无辜感的意思。就算是一个人满怀天真地奔向所谓的理想，最后的结果令人觉得可悲，却也并不是无辜的。说到底，没人是无辜的。问题不在这里，而在于谁也无法用什么看上去挺实在的结果来弥补自己内心的空虚。没错，我想到了一些人，不过这里我想谈的只是其中的一个人。由于时间确实有些久了，我忘了他是哪年哪月去世的，只记着我是什么时候知道他的。我还能想得起来他的样子，他的微微有些翘起的像要吹口哨似的单薄嘴唇，以及安静而充满距离感的眼神。

一九八八年，我忽然很想当诗人。捧着那本薄薄的普希金诗选，我闭门造车，一个冬天里写出了近百首看上去像诗的东西。妈妈的一个女学生听说了这件事，就让我挑几个寄给她父亲，他是日报副刊编辑部的主任，是个诗人。过了一些日子，诗人转达了他的意见，说是还可以继续写，比如写些散文。我写了童年的事。后来儿童节的时候，就用上了，名字被他改过，叫作《童年记趣》。他还寄来自己的书，是本诗集，上面有他的亲笔签名。他的字很圆滑，而他的人，却并不如此。

他是个比较典型的白面书生，言行缓慢，戴着金丝眼镜，经常自己出神。算起来，实际上我只见过他两面。只有一次是说了话的，内容就是他知道了我是他女儿老师的儿子。他根本没记住我的名字。当时他特意重复了一遍，表示自己会记住的，可是后来证明他并没有记住。那是几年后的事，好像六七年之后吧，在市内的一家新华书店里，我在买书，听到了有人对服务员说："这本书卖得怎么样呢？"服务员说不好。那人说："你把它放在最下面，怎么会有人看到呢？"服务员说，那你说放哪里呢，上面是鲁迅、巴金他们，难道要放在他们上面？那人就没话了。我回头一看，原来是他。

他并没有注意到我，迟疑了片刻，表情有些沉重地转身走了。这个场景让我心情复杂。旁边另外一位服务员看出了问题，说可能这就是他的书吧？那位服务员愣了一下，但坚持道，就算是他的，也还是那个道理啊。我当时就想，再怎么写，也不能这样出书。他的那几本书，都是无名的出版社出的，印得很糟糕，封面设计更不用说了。这样的书，他已经出了近二十本。据本地另一位诗人透露，他一直想加入中国作家协会，而那个协会是有标准的，要有不少于几本的书出版。那么他都出了这么多书了，为什么还不能入会呢？这里涉及的是另外的条款，他没能在有影响的刊物上发表作品，另外，这些书基本上是他自己买书号出的，而且都是报社印刷厂印的。这是他一辈子都没能打开的心结。不过，他有本书的前言倒是省诗歌协会的一位领导写的，称颂他有陶渊明的气质，像菊花一样平淡。

有一位诗人在公园里搞了个讲座，听的都是年轻人，或者说文学青年。这位诗人身材高大，长发垂肩，表情木讷，显得比他更像个诗人，现在的。诗人讲自己在海边开会，回到房里灵感如潮水般涌来，顺手就写了几首诗，其中一首把手稿形容为雪白的浪花，被他收入抽屉里。随后就说到诗人的问题，认为有些人写了一辈子诗，可并不是诗人，有的人一辈子也没写诗，可仍旧是诗人。在场的文学青年们都觉得深刻而玄妙。后来有明白人悄然告诉我，这里说的写一辈子诗的人，其实指的就是他。那位诗人其实很通世故，此后不久的一次青年作家座谈会上，态度鲜明地对在场的人称颂他有晋人风度，是本地少有的诗人之一，并且再次说了那段深刻的放之四海而皆准的话，有些人，写了一辈子……他是最后发的言，心情很不错，谈到自己写诗的经历，年轻的时候拿着手风琴到河边靠着树，演奏的同时就构思一些诗。现在呢，则经常把白纸放在床头，有时候睡梦中想到了好诗句，爬起来就记下，常有惊人之笔。他举了个例子，在一个梦里，他将树叶比喻为春天的信号灯，为春天放行。他老婆当时被他开灯弄醒了，说他是老疯子。“可是不疯还谈什么诗呢？”他以此作为结束语。然后就是掌声了。

此后有几年没有听到他的消息。一位老同学见面聊天，聊到文学，自然也就聊到了诗，我就提到了他的名字。同学说起不久前的一件事，他到母校演讲，然后校长要求每个学生都要买一本他的诗集。很多学生不愿意，但也还是买了了事。为了让学生买得起，他还特意把本来就便宜的价格又降了几成，结果因为实在过于便宜了，有的学生干脆买来就直接把书丢到了垃圾桶里。他知道了以后很伤感，觉得现在的学生实在是越来越没有素质了。实际上，不买他账的人并不多，有相当一部分中年文学爱好者就以认识他为荣。有的比他还年长的，见面不见面的时候都称之为老师。经他提携的几位中年诗人，后来也到了报社做事。他去世后，他们写了不少文章纪念他，但那些文字实在不堪卒读，经常被引为笑谈。他们后来也不好多谈他了，好像为了在圈子里轻松些混下去似的，只是说他是个好人。这两个字评语，显然让他们都轻松许多，就像找到了一种摆脱他的方式。

他的死讯是从日报上看到的。他死于脑出血。他的追悼会办得很风光，宣传部的、文联的、作协的、诗歌协会的、报社的、文学老年和青年们，在作协食堂里摆了二十几桌酒席。除了上级领导讲话是比较散文化之外，其他的悼词用的都是诗歌形式，古体的，新体的。追悼会几乎成了朗诵会。参与朗诵的都是老一代诗人，情绪都有些复杂激动，诗也越发地不成样子了。以另一位诗人为首的青年诗人们则稳稳当当地在下面喝酒，据他们说死因是这样的：报社领导找他谈话，以他年纪偏大为由，建议他退居二线，指导年轻人，而不必亲力亲为了。他据理力争，声明诗人是不以年龄为界限的，更何况文学编辑工作需要的更多的是经验和热爱，而不是拉关系搞派对。领导觉得他这么说实在有些不像话了，就告诉他，这是组织上的决定，你要做的是服从。另一位诗人说，这是舍不得，这是他的命，其实呢，他是个挺单纯的人。说的时候，表情极为严肃。旁听的人们，也不由得表情严肃起来，面对这盖棺定论般的评语。

师　傅

一九九〇年秋天，一群刚毕业的年轻人坐在阳光满地的会议室里，等领导把师傅们带来……而现在，我眯起眼睛，像当时那样，试着看那些散落在地板上的明亮光斑，似乎它们就是记忆的起点和终点。师傅们是一些看上去懒散而又不耐烦的家伙。在他们眼里，我们这些不安而兴奋的青年跟以往的那些并无区别。领导讲话时他们不得不严肃而沉默地坐在那里，偶尔看看我们中的某一个。我有些紧张，这是习惯使然，更多的时间里是低着头看着漆面斑驳的地板上明亮的水迹，刚到这儿的时候我看到有人在拖地板，拖布水淋淋的，这就是一天工作的开始？

徒弟们一个个地被师傅带走了。领导要求徒弟们要把师傅的本事挤到自己手里。而我感觉我们这帮刚离开学校的小孩其实很像等待被领养的孤儿。本来是一位眼神有光的师傅令我颇有好感，然而最后来到我面前的，却是另外一个人。我跟着他，穿过陈旧狭长的走廊，下楼转到外面柏油马路上，阳光下是师傅们带着自己的徒弟回休息室的场景。我走在他的身旁，有些局促。他随口问起我的父母都是做什么的，声音柔软而平淡，他步履散漫，我悄悄打量着他腰上挎着的那套工具，显然是用的时间久了，才那么陈旧而光滑，我们不知不觉就走在了后面。

他是他们中看上去比较有文化的一个。工作服很干净，眼神温和，头发没梳理好，不过也不算潦草。我的失望无疑与他左脸那块胎记样的东西（暗红色的、有点类似于我们吃过的那种薄薄的猪肉脯，形状有些不规则）有关，也与他的温和态度有关，那时我们总是喜欢厉害的人，会在潜意识里轻视温和之辈。那一天到处都是阳光，即使是阴影都像青色明净的玻璃一样舒服。那时我还不知道我这辈子只有这么一个师傅。在巨大的休息室里（是一套废弃装置所在的五层楼建筑的顶层，整个休息室空间有六米多高），看了看外面那些沐浴着日光的银亮圆柱体装置之后，坐在那些大小不一的金属箱子旁边的铁条椅上，他都跟我聊了些什么呢？我几乎没怎么听他说话，而是尽量地在适应他的脸。其实，那是良性的血管瘤，年轻时被蒸汽击伤的后果，治过几次都不见效，只好死了心。之前，有个同学私下里告诉我，这个师傅是这里技术最不好的。这又无形中让我多了些失望，听着他讲这说那的，这失望丝毫也没有减弱。从他的眼神以及语气的变化里，我能感觉得到，他似乎对我的情绪是有所觉察的。师傅不过是个名分，要是你觉得别的师傅好，也不是不可以跟他们的。他并没有这么说，这是我猜的。

他是个宽容的人。师傅们喜欢拿他的脸开玩笑，他并不在意。对什么事他都能一笑了之。他喜欢点评别人，比如Z师傅技术在整个厂里是最好的，但人很浮躁，喜欢耍小聪明；H师傅修电器的功夫很少有人可比，但为人孤僻、少言寡语。然后他认为自己的技术不如他们，但比他们有文化（有专业技术中专文凭），只是因为性格直率，说话不注意，得罪了领导，错过了机会，所以对那些所谓的技术也就不在意了。后果虽然是涨工资几年都轮不上他，可他觉得这样也挺好。最重要的就是，他私下里告诉我，你自己要觉得好。他喜欢下象棋、看闲书、抽烟。他愿意这样做一个自得其乐的人。不过你不能学我，他说，在我这里，你能学的，就是不去计较那些没意思的小事，你就好好看书吧，技术学点就得，学得再好也没出息。也正是他的这段话，感动了我。我成了我们那拨同学里最不务正业的人。他们跟着师傅到车间里的时候，我则常常一个人待在休息室里看书，或者躺在铁条椅上睡觉、晒太阳。那座外人很少留意的五层建筑无异于一个世外桃源。师傅总是说没事，你看你的书，有事我再叫你。除非人手不够，否则他是不会叫我的。那时也确实没人会跟我们计较这些事，那是个变化缓慢得几乎可以有田园牧歌的时代。同事们觉得我跟师傅般配得无可救药。

他的理想就是某一天能把女儿送到爱尔兰去读书，他有个外甥在那边打工留学。他愿意放弃安稳的工作跟过去刷盘子洗碗。外甥的妈妈，也就是他姐姐，是个有钱人。除了我，他从不对别人讲这些。他喜欢看那些关于政治秘闻或者奇人异事的书。这可以让他在众人面前吸着烟侃侃而谈。在谈的过程中，他能获得很多乐趣和自信。那时他就会吸很多烟，每一口都吸得很深，仿佛这烟可以调动那些累积于腹中的故事细胞。他喜欢重复这样的一种观点：所有的人都跟猴子似的，都有个红通通的屁股，扒开裤子是一样的，名人的屁股红得比我们这些普通人还要厉害，而且更容易看到，因为他们爬在高处嘛。这时候，其他师傅就会嘲笑他是嫉妒心理使然。有人会很不屑地说，老百姓嘛，管好自己的屁股就得了。他就会极力辩论，举出一些例证，甚至说出一些单位领导的丑事。于是有人就会用那种漫不经心的语气提醒他道："你呢，这辈子没别的缺点，就是反动，外加嘴巴没门。"他昂起头反驳道："反动了又怎么样，谁能把我怎么样呢？"那人就会说："是啊，没人能把你怎么样的。"说到这个份上，话题也就结束了，大家会很默契地不再接他的话头，顾左右而言其他，留下他自己待在那里不尴不尬的，没台阶可以让他自然地下来。在他们眼里，他始终是个一事无成而又自命不凡的人，有时可怜，有时让人厌烦。

我是逐渐开始喜欢这个师傅的。在我参加工作之前的那么些年里，从没有人像他那样宽容地善待我。他的那个铁箱里摆了很多书，他喜欢的，我几乎都不怎么喜欢，而我喜欢的他又几乎从来不看。他不怎么喜欢回家。每天下班后，都待在休息室里找人下棋，或者抽烟看闲书。老婆打来电话催他回去，他会不高兴。他下棋几乎没有对手，时间长了人家都不愿跟他下了，他就有些怅然，有时甚至不得不有意输几盘。他赢了棋不是什么新鲜事，输了棋才是大家都开心的事。每次下棋的时候，他的对手一方总会聚集很多人帮忙支招，难得赢下他两盘，就皆大欢喜地取笑他。有时候他输了棋也会很不舒服，但随后就释然了，会自嘲一下。下棋么，他告诉我，也就是图一乐儿，太认真了就没意思了。后来有人找来个年轻高手，跟他下了十番棋，说不为别的，就是要赢他这张嘴。当着很多人的面，他输了，输得很彻底，几乎没有赢的机会。从那以后，他就只字不提下棋的事了。棋瘾犯了的时候，就看棋谱。无论别人怎么引诱他，他也不为所动，自称水平不够。我们经常在一起待到很晚，他愿意听我讲讲刚读过的书，只是他时常走神。我们有时喜欢一起站在窗口看外面寂静的厂区夜晚，那些装置上亮起很多小灯，星星点点的，而天空与地面则都是黑暗。他时不时地会弄出一包好烟或者好茶叶与我分享，都是他姐姐送给他的。

他的老婆是个很神经质的女人。这是他的说法。我不知道什么是神经质。是脾气不好？他摇摇头，说没那么简单的。到他家里去时，他老婆很热情地端茶递烟，然后又做了饭。她有些歉意地表示，论做菜，还是你师傅在行。他的女儿是个很安静的小姑娘，总是躲在自己的房间里看书，长着一双梅花鹿的眼睛，在不远处悄悄看人。我看到一个和睦的家庭。后来他送我出来，对我说，家庭就是这样的，别人，从表面上永远看不出什么。我不明白他要说什么。有一回我路过他家，在晚上，看到他家灯亮着，就去看他。刚进到屋子里，我就意识到来得不是时候。他老婆在哭，满面泪痕，头发凌乱。他满脸怒气，什么也不说。他女儿的房间门关着。我离开了。第二天他解释说他的女人很不懂事，被他教训了，涉及的是老人的事。这件事过了挺长时间才通过他老婆的口说了出来。他说了谎。原来是他一直在跟一个女人通信。她在收拾库房的时候发现了这个秘密。他们争吵。他打了她。她说他指着自己的脸告诉她，如果没有这张破脸，他是不会跟她在一起的。她对我说这些事的时候，他也在旁边，麻木而沉痛。

她很爱他。他觉得无所谓爱不爱。自从这张脸变成这样，他对我说，我就什么都没有了。这块斑，就是我的命。这辈子也就这样了。那个与他通信的女人，是他在另一个城市读中专时不同班的同学，曾是个很秀气的姑娘。她并不认为他的脸是个解决不了的问题。临毕业前他去拜访了她的父母，他们觉得他是个很不错的年轻人，但他的脸相，他们以及亲戚朋友们都不能接受。上火车之前，她在入站口对他说，我们保持通信吧。这通信，断断续续保持了二十多年。他说她最近得了一种病，头发都掉光了，丈夫也离开了她。他请了假坐火车跑去看望她。在医院里，她嘱咐他，回去跟老婆好好过日子吧。过了一段时间，他老婆告诉我，你师傅学好了。我看到的情况是，他不抽烟了，也不看书了，每天按时上班回家，不参加任何集体活动。他开始发胖了，肚子也起来了。

后来，也就是我做他徒弟的第三年春天，我调到了机关工作。他非常高兴。单位里的同事们给我送行，他喝了很多酒。最后在马路上，他拉着我的手说："你师傅我，确实不像个师傅的样儿，什么都没教给你……"我说你一直在鼓励我看书，对我很宽容。他很难过地拍了拍我的肩头说："其实人活着很不容易的，你知道么？"我说我知道的师傅。"不能光看书的你知道么？"我说我知道的师傅。说完，他转身就走了，那感觉仿佛我马上要上炮火纷飞的战场，而他则要去当战俘。一转眼就是十来年过去了，他提前退了休，他女儿做了发型师，师母则是失业在家了。对了，我离开他之前，他特意送了我一套书作为纪念，四十卷本的马恩全集，几乎就是新的，没怎么读过。据说是一位领导退休前丢在仓库里的，被他捡回来了。

北　山

河的北岸，都是山。小时候经过河边，指着它们，就问大人，那是什么山呢？回答是长白山的余脉。那长白山在哪里呢？在吉林那边了。于是在我们的脑海里，浮现的就是这样的图景：被群山覆盖的吉林，在俯瞰的角度下，就像一头无比庞大的体毛浓密的野兽，而河对岸的那些低矮的山脉，不过是它远远甩出来的尾巴。我们要等到十四五岁时，才有机会进山里去。那之前最能引发想象的，并不是山，而是最高的山上那幢白房子。无论在哪个位置远远地看山，都能看到它。要是住在它那里，应该能看到整个城市吧？听说它其实是个兽医站。于是我们就想象每天都会有人带着牛羊，甚至是猪，去那个白房子里，被人用很粗的针扎破厚厚的皮。后来买了望远镜，经常会在阳台上向那里望。望远镜的倍数不高，能把那房子放大两倍左右，可是很少能看到有人出来或者进去。你也不会跟任何人随意谈论它，也不会告诉别人你长大了想当个兽医。北山没有想象的那么深。顺着山中小路，曲折走去，大约经过一个多小时，就出山了……外面是略微有些起伏的平原，还有高耸的高压电支架和几重低垂的粗电线。在那里能看到通往另外一个陌生城市的狭长公路，以及山脉是从哪里开始转弯的，由向南转为向西。十七八岁时，我们经常在休息日去爬临河的那些山，会在山坡上的深深茅草丛中晒着太阳，眺望远处烟雾里的城区。那时我们已经知道，白房子并不是兽医站，而是气象台的监测站。

路　超

关于一九八二、一九八三年间的那些记忆，就像遥远宇宙里几千万年前消失了的一颗星球的光线，尽管仍旧在太空里漫游，其实已是所剩无几了。时间既在构成记忆，也在淹没记忆。之所以还能偶尔想到那个时段，还会在内向的视野里浮现一些似是而非的印象残屑，固然与那种抑郁的经历所留下的气息有关，但我却更愿意把一个少年的明朗形象当作那时的标识。他就仿佛是被透过茂密树冠的细碎阳光照亮的一枚新鲜银币，质地坚硬地闪着金属光泽，轻而易举地均衡了我记忆中尚存的那些身心失重的纷繁瞬间……在那个被许多大树围绕着的中学的灰褐色建筑里，我不由自主地坠落。没人知道这个男孩的眼睛里为什么时常会充满恐慌。我的世界在坍缩，也在封闭，没有声音进入，我也无法发声，让别人知道里面发生了什么。我宁愿待在家里为院子里的蔬菜浇水、喂鸡、晒太阳，也不愿回到那个候审席般的座位上去，在那里像个白痴似的站起来又坐下，轻易就陷入窘境，每堂课都是一种煎熬，又找不到离开的理由或者借口，即使有了也没用。我只能不断地缩小自己的身体，以期被更多的人忽略不计，我已经够渺小的了，比一枚桃核还要小，可是没用，我还是会时不时地突然浮现在表面，被一些强光照射，就像生物实验课上等待解剖的小动物，呈现出那种没人会费神去理解的怯弱。

一些印象纷纷浮出，飞快地流动而去，类似于油脂的轻薄物质，散发着工厂里才会有的油浸金属的气息。我的记忆模糊，隔着一层薄薄的化纤覆盖物。那是个微观的世界。最先出现在镜头里的，是两位身材比我高大很多的男孩的面孔。他们截住了我的去路，在幽暗的林荫路上。你怎么回事儿？他们的轻蔑鄙视像尖锐的铁器似的抵入我的心里。那时候我眼含泪水，感觉自己摇摇欲坠，心底涌上来的温热潮水正在淹没我。他来了。他反驳他们。而我就像个溺水者，什么都听不清楚，他们的嘴巴在动，而我，在向下沉没。他昂着头，盯着他们的眼睛，直到他们消失得无影无踪。他叫我的名字。他是路超。道路的路，超越的超。头上有着某种光环，这是记忆的效果。一个无家可归的孩子，我，被他带到了他充满阳光的家里，他要用一个暑假帮我解决问题。我觉得我就是个问题。就像老师说的，你真是个问题。他不管这些。“你怕什么呢？我感觉你总是在怕什么。”他的瘦削身体松弛地靠坐在沙发里，双手搭在扶手上，看着我的眼睛，“你不比他们差，一点都不差。别管他们。你得敢跟他们对视。谁能保证他们将来就不是垃圾呢？他们只是装作很强的样子。”……拯救者？那时的我还想不到这个词。落水者几近绝望的视线里慢慢浮现的一只小船，他从船里探出头来，伸出手。

学校附近道路两侧有很多枝繁叶茂的高大杨树，它们在夏天里总是弥漫着神秘的动荡与寂静，而秋天里阵雨般的落叶会让空气里充满了冷涩的树汁气息……某些从学校步行回家的午后，路边那些楼房底层的玻璃窗里面幽暗静谧的房间，或者简陋的体育场后面荒地上孤立的废弃水塔，里面的那些不知谁丢弃的手套、鞋子、绳子或者扭曲的肮脏手纸、布满钉子的残缺木条之类的东西，以及从水塔顶上面看到的一个灰色城市的侧影……破旧的巴士像要散了架子似的在路上急驶，那段时间里留下的唯一的个人形象是一张两寸黑白照片，贴在公共汽车的月票上，十一岁的赵松那有些局促的微笑中很难看出环境的痕迹或气息……还有，父亲在院子里树起十多米高的电视天线杆子，母亲的表情有些忧郁，还有一块替代玻璃的窗户纸上用线香烧出的花瓣图案，在大风天里突然翻滚到院门边的被我误以为是兔子的灰色塑料布……这些或明或暗的记忆碎片多少还是透露着压抑的气息的，在记忆深处，它们重构那个城市，总是空空荡荡的，看不到几个人影（那时候最容易令我恐慌的就是人，各种各样的人，陌生的或者熟悉的）。它们浮动在由一些含糊不清的记忆和被遗忘的印象共同造就的记忆岩石的表面，下面是那个早已封存的世界，很多事物被遮蔽了，只能看到上面浮动的几点光斑。那个叫路超的少年，就是其中之一。

我需要某种气息的导引才能回到那个遥远时段。带着被咬开的黄瓜的清香味儿，他眼光清澈地从厨房里转出来，重新出现在我的面前……一双动画片里的老鼠才会有的薄而尖的耳朵，眉梢轻轻上挑，有些惊讶的样子，黑白分明的眼睛，生动的眉毛，还有声音，紧凑的薄嘴唇，他的白衬衫以及戴歪了的红领巾，他走路时有轻微的驼背，身体太瘦了，穿着什么衣服都显得有些肥大。他伸着指头，指甲轻轻地划在练习本的纸面，那些令我恐慌的数学题就像一扇扇曾经被魔法封闭的门似的突然就纷纷打开在我的面前。他家在一幢日式老楼的深处，两个小房间以及厨房门是半开半闭的，就像挤在一起的几个温暖干净的旧木盒子，弥漫着红色地板、樟脑球和煤气灶的混合味道……我沉浸其中。在他的指引下，我试着修复感觉中的缺口和黑洞。按他的说法是去掉错觉。他还说了些精彩有趣的话。有时候，我觉得自己其实是在学着说话，从倒塌的地方离开，不再蜷缩。我们每天下午见面。我做他布置的练习，然后他讲解。我们说话。短促的夏天，就那么一点时间，凝固的，难以挽留的。有时我忍不住对他描述雨脚在对面屋檐上不断绽放时的场景和雨天里各种特别的气味。我们在阳台上站着，胳臂支撑着阳台窗户的湿漉漉的水泥边沿。他默默地听着，下意识地把钢笔的尾端放在牙齿间慢慢地咬着，不声不响地看着外面。我完全被他所营造的温暖平和的气息笼罩了。

外面在下雨，现在，我在时间的另一端捕捉过去的气息。关于那些年的记忆媒介少之又少。那个暑假刚开始的时候，他曾跟我回了一趟家。一路上他都很安静。在他向我的父母说明来意的时候，他们的表情有些不自然，甚至是有些尴尬。像个成年人似的，他语气坚定地告诉我的父母，赵松的领悟力并不差。他镇定自若，表达自如，偶尔还会做出有力的手势。在这个孩子在我家努力说服大人们相信一个简单的道理的时候，我不得不充满感激而又紧张地躲在角落里，悄悄地看着他的侧面。要知道，那时候我的父母对我早已不抱什么期望了。用母亲的话说是不抱什么幻想。她一直拒绝出席期末考试后的家长会。对于同样是老师的她来说，我的成绩以及表现令家人难堪。当然，她是对的。而路超却以不容置疑的口气要我的父母一定要相信我能有所改变，能变得很好。他离开之后，我的父母心情复杂地重新打量了一番躲在角落里的儿子。他们低声交谈。他们不明白的是为什么同龄的孩子差别如此之大。他们觉得需要重新考虑一下我的问题。

他很像一个天生的传道士，拥有说服别人的天赋。他的父亲是个厂长，似乎从未见到过。此外，我的记忆里还影影绰绰地留着他母亲的一个轮廓。某个温暖的中午，她给我们做了白菜炖豆腐和米饭。我们，还有他的弟弟，坐在布满阳光的挨着阳台的门厅里，他笑了一下，洁白整齐的牙齿稍纵即逝，他有些严肃地提醒弟弟不要把饭粒弄到桌子上。这个场景有时候我会觉得它是我想象出来的，因为它是那样的温暖，而我仍旧不时地收缩着，不能松弛地展开。那个暑假里，有几天他跟着父母去旅游了，我不知道该怎么打发时间。依靠想象，我也去了那个多山的地方，白亮炽热的日光透过茂盛巨大的树木，把山间的石头照得洁白而滚热，我坐在那里等他们来……这些想象发生在空旷的学校操场上，我看着那些紧靠院墙的高大杨树，有风经过的时候，它们就缓慢摇动，数不尽的墨绿阔叶重重叠叠地颤抖着明暗变幻，直到现在我仍旧要透过它们的空隙去看那些曾经发生过的或是可能有过的场景……其中有一个场景会反复出现，像凝固在心脏表面的一个斑点，散发着浓郁的石灰气息：春天里，学校粉刷墙壁，喷浆机喷出的白色液体阵雨似的落着，我蹲在地上，穿着父亲的草绿色新雨衣，用手扶着喷浆机管子的接口处，几个男生在用力压动喷浆机的压杆，实际上那个联接部位即使不扶也不会脱落……后来，绿雨衣变成了白色的，偶尔经过的老师看不下去了，就说你先回家吧，于是这个十一岁的白色小人就低着头离开同学们的视线，独自走回家里去了……当然，除了这个有些伤感的场景，我还能随后想起秋天里我们全班同学在空荡荡的俱乐部舞台上练习合唱的场景，金橙色的聚光灯照着发热的脸庞，下面没有观众，只有模糊的座椅在黑暗里反映着微光。“小鸟在前面带路，花儿迎向我们，我们像花儿一样，走在校园里，走在草地上……”当然，我会在歌声里轻易地慢慢辨别出自己的声音，还有几个女生的，毫无疑问，还有路超的，以及他那认真歌唱中的脸庞。

对于一个自卑的孩子来说，这个世界的很多人都是令人羡慕的。比如一个骑自行车上学的好学生，他在车后座上夹着一个饭盒（生活自由自在的象征物），他不喜欢说话；一个学习不好可是很能打架的男生，很多人都怕他，他的恶作剧常引发大家的哄笑；还有那个经常对我表示轻蔑的体育委员，长得好看的高个子，我羡慕他的装腔作势；那个长得像洋娃娃的小个子女生，她脸色潮红地伏在最前排的桌面上写作业……所有的这些人，都是那么的可爱。我羡慕他们。但我对路超有的不是羡慕。我从不在别人面前说到他对我的帮助，我只是不想让他显得怪异。是的，在我看来我自己就是怪异的。就算我的成绩慢慢回到了正常状态，我这个人也仍旧是怪异的，存在着尚未发现的问题。不过，在他的帮助下，我的原本有些分崩离析的世界就这样重新联接起来了。有时我还会多想起那段时间里的一些场景和细节，比如老师眼镜后面阴沉的眼光，身材粗壮的体育女老师突然给我的一记耳光和尖利叫喊，操场上踢球时因为不会发界外球而受到的嘲弄，拿着自己的饭盒躲在一边小心而略带羞怯地吃着……而他，永远在这些场景之上，是上面的一簇光亮，近乎虚构出来的一个人物，不那么具体，又近乎完美。

那段记忆里至少最后一个场景是美好的，年终的班级联欢会上，我坐在大家中间，吃着花生、瓜子和水果糖，感觉这些东西就像从天上掉下来的星辰一样美妙。大家表演节目。后来路超对老师说，让赵松也出一个节目吧。老师侧过头看着我，笑着说，他行么？路超边点头边说，他行的，我听过他唱歌。那你就出一个吧，老师说，她最近一段时间以来经常对我微笑。我站起来就涨红了脸，就大声唱起来，连歌名都忘了报："啊啊……牡丹，百花……"我感到所有的血液都涌上了头顶，耳朵里充满了它们的海浪般的轰响。我就要转学了。那是我最后一次出现在他们中间。他们看起来都很可爱。我的眼光不时掠过他们，还有他的侧面。他坐在老师旁边，大口地吃着苹果，偶尔看我一眼，微笑一下。我不知道为什么自己在老师公布我转学消息的时候会那么的安静。那时的一些作为纪念的小东西，就像那些同学的面孔一样再也找不到了。后来在路超家里我待了最后一个下午。他把自己的参考书和练习题都给了我。我们都不知道该说些什么，就默默地看着外面，那些楼房被午后的阳光照得白亮。离开他家时天已黑了，我从那些楼房下面经过，他家里的那种温暖气息跟随着我，从鼻子里涌到眼睛里，薄雾般地弥漫着……我走到马路上，车辆很少，路灯是金黄色的，两侧黑暗中远近的建筑都显得庞大虚无了很多，像另外一个世界，甚至也像记忆本身，不是很真实。

老　赵

老赵在五十三岁（也可能是五十五岁）的时候，又一次也是最后一次当上了班长。按我师傅的说法，他这回之所以能这么容易就如愿以偿，并不是因为他聪明，而是因为他没以前那么聪明了，可以说是学乖了。这话听起来，很有弦外之音。我师傅是很看不上老赵的。在一种略带轻蔑的神态里，我师傅用四个字概括了他过去的遭遇：机关算尽。我很想知道这里隐含的故事。可是师傅似乎总是不屑于说那些陈年旧事，有时甚至故作神秘。只有在非常轻松的私下聊天时，我师傅才会忍不住透露一些关于老赵的事。基本都是很多年以前的事了，听起来也没什么大不了的，左右不过是些不大不小的个人得失上的过节。

老赵是个瘦高个，从脑袋到手脚哪儿都是瘦长的，如果皱纹再多一些，鼻子再高一些，就很像贝克特了。我曾经看到过他刚参加工作时的工作照，看上去比实际年龄要小很多，表情倒是跟那个时代很相符，紧张而严肃，嘴唇紧闭着，下巴略微有些上翘，眼神自负而又有些迷茫。包括我师傅在内，几位班里的师傅，都是老赵的晚辈，年龄上要差个十岁左右。至于我们这帮徒弟，则是晚辈的晚辈了。最开始的时候，我们对老赵的印象都不错。他技术好，既懂电工又懂仪表，遇到问题，略加思索就能立即得出准确的结论，而且手到病除。另外一点更令我们佩服，就是记性出众，玩扑克牌或者打麻将的时候，他从来都是看一眼手里的牌就扣在桌面上，随后基本上是盲打，不需要再看牌面。讲过去的事的时候，他总能清楚地说出哪年哪月哪日的什么时间里，发生了什么事，哪些人参与了，连每个人有什么具体言行都能一一道来。这还不算，他能准确地记住与仪表相关的所有蒸汽、风管线的线路位置和走向，还能凭记忆完整地绘制出他负责的几个车间的仪表配置图。单从这一点来说，我师傅他们都无话可说，很多事的细节他们都记不得了，那些这样那样的线路他们只能通过图纸才能确定位置。所以平时品评老赵的德行时，他们一般都不会涉及老赵的技术和记性。而老赵呢，虽说一般情况总是嘻嘻哈哈地跟他们交往，但骨子里其实多的是不屑的意思。有时候玩得兴起，忘乎所以了，他就会忍不住敲打他们几下："你们这两下子，不是我说你们……"然而他的阅历马上让他意识到不能再说下去了。他不想在他们中间很快地陷入难堪。而旁观的我们这帮年轻徒弟，则对这种冒了一下火花随后就没事儿了的场面有些失望。

老赵嗜烟，平时烟不离手。手头松的时候抽烟卷，手头紧的时候就抽自己卷的旱烟。他最喜欢的是蛟河烟，在吉林的一个小地方，只有几亩地才产那种烟叶，味道是别的地方烟叶没法比的，他只抽过一次。因为家里子女多，他少有手头宽松的时候。这种拮据的状况，从他结婚生子开始，持续了将近三十年。偶尔谈及这些年的感觉，他的表情总会不由自主地严肃起来，说是苦不堪言，甚至有过断粮的时候。他很能吃苦。大约有近十年，他住在离厂几十公里以外的远郊平房区，每天早晨不到五点就要起来，两个多小时丢在路上，坐汽车转电车，再骑自行车，从没迟到过。有时候粮食实在无以为继了，就自己只身坐火车回到黑山的老家，弄二百斤米回来，两袋米一次搬不动，就一袋一袋挪，一直挪到家里，靠这办法，家里六口人，从没捱过饿，这在六十年代的普通人家里，并不是件容易的事。那时候他年轻，压力大，脾气就火爆，对老婆孩子经常是金刚怒目乱发脾气。据说有一天早晨他老婆给他煮饭，结果水放多了，又没留心照看，米汤冒了一地，饭还没熟，而上班的时间又到了，他一怒之下一脚踢翻了饭锅，滚烫的半生不熟的米粥飞溅了出来，烫伤了老婆的手脚。讲起这件事，他淡淡地笑了笑，称那时的自己就是头驴子，有时候很没人性，傻乎乎的。

让我师傅他们自叹弗如的还有一点，就是老赵从来都是很修边幅的人。一年四季，不管是什么时候，他都是平头、净脸、白衬衫，走路时身姿端正，步伐有力从不散漫。原因其实很简单，他当过十年兵。是通讯兵。他的技术好，就是那时打下的底子。在吉林的一个山中军营里，他度过了不愁吃不愁穿舒舒服服的十年。那时候他很迷恋的，不是技术，而是射击。因为不是必修课，别的人平时很少去碰枪，他则相反，有空就去野地里练习。他自称能用手枪在五十米外掐掉高粱穗的尖儿。本来他是可以转为志愿兵的，也就是所谓的职业兵，但是由于他连续犯了两次错误，不但没转成，反而转业了。一件事有点幽默，很符合他的性格，就是他从仓库里偷了几个雷管，自制了几个瓶子炸弹，到营地附近的池塘里炸鱼，惊动了当地的居民，被举报到了部队领导，结果是警告外加记了一次大过。多年以后提及此事，他还能乐起来，说是那些鱼都有半米多长，有草根有鲤子，两个炸弹瓶子扔下去，就都翻白了浮在水面上，装了两麻袋，通讯连里吃了好几天。另一件事是我师傅透露的，这件事造成了他的转业，他跟当地的一个女孩子谈恋爱，弄大了人家的肚子，被女孩的父母告到了部队，因为怕受处分，他死不承认，结果还是就地转了业，处分决定也传到了他的家乡。他无颜回家见父老，就跑到了我们这个城市，正好遇上招工，就当上了技术工人。

从他的那些晚辈嘴里透露出来的诸多不是，其实概括起来就是一点，他这人嘴不好，有时喜欢在背后搬弄些是非，尤其是喜欢向领导打小报告。也正因为这一点毛病，他三十年前就当上了班长，三十年后仍旧是班长。最惨的时候全班没有人跟他说话，不跟他干活，搞得他只好辞职了事。按我师傅的说法，老赵带出来的徒弟不下几十人，可是过年的时候，没有一个去他家里拜年的，他的这张嘴，经常连自己的徒弟也不放过。当然也包括我们，不过对我们已经好多了，没那么多事了。诸多的细节描绘出来的他，是个颇为矛盾的形象。三十年间，他自认技术全厂第一，无人能及。这一点，连我师傅他们也不能不承认是事实。同时我师傅也说，他的德行之差也差不多是全厂第一了。那时的人际关系其实比现在简单得多，人也不太复杂，甚至可以说很单纯，只有他似乎是生来就比孙猴子还要精明，人前人后翻手云覆手雨的，成了习惯，算计别人成了业余爱好，自己虽说到头来也没弄出什么名堂、得到什么好处，却得罪了很多人，也把自己的名声败坏掉了。

老赵是个很调皮、很懂幽默的人。但他的调皮和幽默里，常常掺杂了些嘲弄的意味。那时晚上下班洗澡是件集体放松的活动。很大的浴池里坐了十几个人，慢慢泡着热水澡，聊东聊西说笑话。有一天老赵突发奇想，说是要做个测试，打个赌。让大家都坐在池子边上，他说故事，黄色的，要是有人在故事没完就有反应，那就算输，要请大家喝酒，有一个算一个。他讲的是乡下的事，一家兄弟三人，只有老大娶了媳妇，老二老三每天天不亮就要轮流起来去砍柴，然后送到城里去卖，后来这两兄弟想了个办法，每天半夜……老赵讲得最精彩的，就是学那个嫂子说亲热的话，结果是屡试不爽，几乎每次都有几个人因为听不到一半就有了反应而不得不请他喝酒，以至于后来没人愿意跟他打这个赌。后来有年轻的晚辈不服气，主动要跟他赌，他讲不同的故事，结果仍旧是他赢的居多。这种玩法，是他在当兵的时候学会的。按他自己的说法，图的也就是一乐，那时可听可看的关于男女间的事少之又少，所以才会让大家——尤其是年轻人撑不住，不过听多了也就没什么了。据一位跟他同时参加工作的老师傅透露，老赵其实是个挺保守的家伙，刚进厂时喜欢上了一个女大学生，又不敢跟人家说话，只知道天天有事没事就围着人家不远不近地乱转。他有些自卑，不是有些，是很自卑，那个姑娘长得很漂亮，后来嫁给了自己的同学，结婚不到两个月，赶上装置发生大爆炸，连个遗体都没剩下。老赵为这事难过了很长时间，后来就回乡下娶了个女人。

我们刚参加工作的时候，就在他的班里当学徒。跟老赵的，是我们当中最容易溜号走神的家伙。老赵经常跟他开玩笑。有时候他迷迷糊糊脸也不洗就来上班，老赵见他进来，就很严肃地让他回去。他愣愣地不知道为什么。老赵说你是不是把什么东西落在家里了呢？他想了想，说没有啊。老赵说再好好想想。他又仔细想了想，没有啊？心里有些发虚的样子。老赵就说，不是又把心落家里了么，早晨上厕所的时候落下的吧？大家就哄笑起来。那位则脸红脖子粗的不知道说什么好。有一天老赵在修理一个仪表电路板，他一旁看着，看着看着就神游天外了。哎，老赵说，把烙铁给我。他愣愣地伸手就去抓烙铁，结果没抓到柄，而是抓到了热的部位，烫得跳了起来，把烙铁又丢回到桌子上。老赵不动声色地说："记住了，这是师傅教你的第一个基本道理，烧红的铁不能摸。"也是这位徒弟，一次下车间干活的时候，老赵一不小心触了电，触电的手指头被电流烧得冒烟，老赵大声叫他快拉电闸，他却惊得愣在那里，动也不会动了。若不是那天老赵穿着绝缘电工鞋，估计也就一命呜呼了。事后老赵从医院回来，举着烧伤的指头对他说："徒弟啊，今天是你教了师傅一招，有电的地方不能摸。"

老赵后来最大的理想就是能早点退休，那样的话他就可以到外面再找份工作，多挣些养老钱。他说年轻时穷不怕，老了再穷才是真可怕，生不如死，人贱如草。他一直盼着退休的那一天早点来。有时他甚至半开玩笑地说巴不得来点什么不至于要命的病，提前退休也是好的。可惜他的身体始终都好得不能再好了，令他颇为无奈，说是当兵那十年打的底子实在太好了。后来，也就是他重任班长的第二年，企业改制，他可以提前退休了。这个消息传来的时候，他明显有些惶然，半点也高兴不起来。我师傅他们说，老赵，这回你可以出去挣钱了。他听了也不说什么，只是点了支烟，默默地吸完，然后叹了口气，站起身来收拾自己的东西，边收拾边说："没说的，到站就下车吧。”说话的时候，脸上微微有些暗红，皮肤绷得很紧，那种表情，让师傅们忽然地都有些黯然了。几个人，还有他徒弟，就过去帮他收拾东西。他的表情慢慢松弛了许多。收拾好东西以后，他每人分了一支香烟，然后自己点着了，也不看谁，笑了笑，仿佛自言自语地说道：“唉，行啊，其实想想也算不错了，跟我同时进厂的老家伙们，差不多都死了，我还能等到退休，也算是命好了，儿女们也都结了婚……”他喜欢喝酒。我们为他饯行的时候，纷纷给他敬酒，可是他只喝了一杯就不喝了。我们以为他是装假。他有些沮丧地解释说：“一点都没有装假的意思，最近经常头疼，尤其是喝酒之后，今天就免了吧，等我缓过劲来，有时间我再来找你们喝个痛快。”我师傅因为有了些酒劲了，就大声说：“老赵你也怕死么？”老赵嘿嘿笑了笑，过了会儿才说：“我怕，怎么能不怕呢？”后来，他很快就找到了工作，在附近的一个城市里，做技术顾问，不用干活，坐拿优厚的工资，很令我师傅他们羡慕。唯一不足，就是天天要早起赶早班长途汽车，晚上回来也很晚，跟他年轻时一样，每天丢在路上的时间就四个多小时。不过他说这样已经很满意了，是他一直想要的生活。半年后，他的头疼变成了脑出血，冬天里的一天早晨，上班的途中，老赵慢慢地睡着了，再也没有醒过来。

耐火厂

在城西郊，还没过铁道的这一片，它算是个标志了。三路公交车的终点站，就是以它为名。那个很大的停车场对面，是它的正门，看上去挺气派的。左右门柱顶上的水泥火炬，涂着红漆，很是醒目。越过它西侧的铁道，继续往西，在那条两侧长满了高大杨树的狭窄马路上再走个二十来分钟，就是新钢厂。车站的南面，是我们的学校，耐火厂子弟小学。教室都是红砖黑瓦的平房，只有一行，从东到西，二十几间。学校南墙外，是铁道，有四五条线在这里会聚……再往南，是个面粉厂，那些高大的建筑物都是灰黑的色调，实在没法让人联想到面粉。铁道上经常停着火车头，或者是成列的车皮。耐火厂的外面，是商店、饭店、邮局、储蓄所和小医院门诊所。厂区里有很多的树。多是二十几年的杨树、槐树，偶尔还能看到几棵白桦。树冠里经常躲着很多鸟雀，但它们的窝在那些高大的厂房里。我们去厂里玩，通常都是星期天，从两米多高的墙上翻进去。墙内侧有巨大的碎煤堆。厂里少有人影，厂房多数空空荡荡，但偶尔能见到刚烧好的经水冷却过的耐火砖，五六个小车一列，停放在砖窑小铁轨上。冷却间里，铁轨下面是水槽，一米多宽，两米多深，常年有水。有些大孩子，喜欢来这里玩划船，就是脚下踩着一根长长的厚木板，用手撑一侧的铁轨，“船”就飞快地前进。我们太小，踩上木板，就够不到铁轨，只能在旁边看着他们欢声叫嚷。后来有个大男孩，用一堆木板，帮我们搭成了一条“大船”，可以坐两个小孩。有一天，更夫发现了我们，拿起几根大木头砸到了水里，水激烈地动荡，我们的大船就散了。有些厂房里有灰蓝色的厚纸，是包耐火砖的，沾水就烂，还有种古怪的烟味。夏天里，煤场那边，会有很多暗绿的大蜻蜓。我们用草叶扎成蜻蜓的样子，拴在细绳上，引诱它们来咬，然后捕获。据奶奶说，耐火厂刚建好的时候，南门还是荒野大地。到处都是挖土留下的大大小小的坑，下过雨就积满了水，周围则迅速生满了野草。一九五二年我们家搬来时，这里只有两户人家，一户是江苏来的裁缝，一户是河北来的木匠。三户人家，相距几里地。我们家外面种了十几亩地的向日葵。我们家搬到市区中部以后没多久，耐火厂就停产了。九十年代中期，据说它被卖给了私人。耐火厂的东侧，有个厂里建的俱乐部。厂子卖掉以后，它变成了舞厅。后来被派出所查封了，再也没开起来，最后彻底废弃。

金 姐

最先想到的，并不是人，而是物。那台老四通打字机狭窄的暗绿窗口，里面一阵阵浮现淡黑色的宋体或仿宋体字，印有五笔字根和英文字母的键盘看上去很踏实，仿佛俯视下的城市模型，待在靠近窗户的办公桌上，看上去很令人兴奋。要知道那时印刷厂里还在使用铅字呢。办公室里拥挤在一起的桌椅、电话、文件夹、卷柜之类的东西，在四月早晨的光线还没有漫延开的时候，显得很陌生。保洁工进来又出去。然后来的是主任、文书、司机。最后是她。这是金姐。礼貌地微笑一下，沉默，她偶尔皱了皱眉头……有些瘦，身材高挑，长发披在肩上有种黑丝绸的感觉，额头显得有些窄，那年她是二十六岁。她坐在那里打字，就像在入定似的。这个工作她要做十年才会结束。当时她打字并不快，手指纤细修长，指甲修理得恰到好处，散发着几丝友谊雪花膏味儿，触键的时候，指关节稍显僵硬。不管在哪里，她都不能容忍一丝半点的不干净，每天下班前都要把工作服洗了，没事时喜欢把衣服上出来的线头剪去，有时连毛巾上的也要修剪。她习惯喝冷水，很少化妆。没事了，她就到外面的栅栏旁站一会儿，要是办公室里人少，就坐在窗前发呆。人多时她就伏案睡觉。她不喜欢说话。他们有意无意地跟她搭话，她也从来都是一笑了之。我是跟她学的五笔字型，还有打字。她不用打字机的时候，我就会在那里，慢慢敲打自己写的东西。经常还会出现这样的场景，大家溜到外面逛街去了，而我呢，还是在慢慢地打字，她呢，睡觉。这是她最初的形象。还有后来的形象，化了妆的。

回忆或者虚构，难度是一样的。被回忆的，已经不在，即使尚有遗迹，也是无从考证。而虚构的则是从未有过的，对似是而非的碎片的重新组织。不可靠的记忆，使两者没有清晰的界限。人不可能是个完整而轮廓清晰的存在。世界在膨胀，记忆在消退，生命升起又降落，它们摩擦出火花，也有烟雾，构成了想象、错觉与幻梦。而回忆就像鱼似的游动其中。很多时候，一个人与另一个人，会有交叉的点，经过了那里，回忆与虚构也就浑然一体了。假如你出于验证或回忆的需要，再次出现在那个人的面前，要是你的头脑还算清醒的话，就会感觉到你面前的其实是另一个人。当然你可以努力重新描述其存在，甚至在描述的过程中有意无意混杂了过去的印象，但是很快地，你就会发现这样做其实是无意义的，你描述的与印象中的那些东西并不能自然而然地融合在一起，显然，它们并不同属一个世界。无论如何，在这里我将要写下的，可能都是另一个人的事。作为描述者，或回忆者，我从某种程度上也就是另外一个我。我还不能说清楚这个问题。对于我自己，所谓的我也只不过是冰山的一角，露在了海面上，可我看不到下面的那些，无论是八分之五，还是十分之七，它们支撑着我的漂浮，而对于它们，更多的还是想象与猜测，自己并不能成为自己的阅读者，别人呢？想得有些远了。

某天早晨，忽然醒来，很多事情都想不起来了。这样自有它的好处。没错，现在，我在这里，躺着，看着外面的景物……想不起来并没有什么，至少我还能清楚地回想起几天前的一些场景，说过的话，比如我对一个朋友说忽然发觉自己像个外地人，而眼前这个正忙于翻新的城市看起来更像个废墟。回去就不是外地人了？不，回去了也还是个外地人。我现在是一个彻头彻尾的外地人，无论在哪里。在手机里找到了她的号码，随手就给她发了个短信，内容是简单的陈词滥调："金姐，我回来了，你还好么？"发出之前，想了又想，还是把最后的那个字改了一下，改成了"吗"。有什么区别，后者更随意一些，而前者则有些故作深沉？这个举动有些类似于多年以前在办公室里随口跟她说句什么。然后她就慢悠悠地回应一下，所不同的是那时我不会注意语调或用词。发出之后又有些后悔，我忽然意识到，不知道是否有时间与她见面，见了面又说些什么，场面是不是会尴尬，说不定很快就是匆匆的告别。重复多次的话可以证明这个世界仍旧是正常的，一切在继续，所不同的只是我有些无聊而已。后来她并没有回复。放假期间没有开机吧。我也没有拨打她的电话。心安理得地，我继续躺在床上，窗外狭长的天空下面是些姿态歪扭的灰色建筑，外面很安静，能听到比较远一些的马路上汽车驶过的声响，跟晚间不大一样，很快就散尽了，来时就很淡薄，一点都不尖利。手机的表面明显有些磨损。翻出里面那个简单的游戏，搬箱子，动作很慢，手机太旧了，内存不够用，那个小人跳上跳下的，把那些箱子搬来挪去，满一道就闪烁着消除一道，就发出一声魔法般的音乐声，然后再来，最不好的结果是那些箱子不知不觉间就挤满了屏幕，而不是被铁箱子砸死。我有些恍惚地想到了以前的事，不带有任何感情色彩地想着，就像律师在查阅档案卷宗那样，只是资料都散了页。

她睡醒的时候，我还在写，天要黑了。好像刚从梦境里出来，还没完全出来似的，她有些茫然，看到了墙上的石英钟，竟然睡了这么久，有些不好意思。她不清楚我一直在写些什么东西。没什么，是个故事。一个人进山去找狐狸，下了专用的细网，在雪地里，狐狸出没的地方，然后耐心地等。半夜里雪住了。很圆的月亮。狐狸，是银白色的，很少有的一种，那人有些兴奋，等着它靠近被雪埋住的网，它狡猾，但不会发现这个精心布置的圈套，转眼间，它就被缠住了，越缠越紧，最后动都不能动。他起身冲了过去，可是忽然歪倒在不远的地方，他踩到了一个铁兽夹。他的脚踝几乎夹断了。最后的结果是，他在雪地躺着，身体慢慢冻僵了，注视着那只还在紧张地呼吸着的银白色狐狸。他的脸在阴影里。树林边缘的阴影遮住了月光。透过打字机的狭窄暗绿的窗口，她看上去很安静。后来干脆打印出来，带回去看。她在读的时候感觉到了一股灰色的湿润的气息，就像在梦里看到的一些场景。她讲了几个梦。清晰地描述自己的梦境。关于湖水的，很多的湖泊，暗蓝色的，干净的湖水，四周寂静，什么声音都没有，她在弯曲狭长的小路慢慢走过，随处都是自己的倒影，她忍不住想要下去游泳，或是洗浴（她是不怕水凉的，在家里的时候她经常洗冷水浴），但有些担心会有人来这里……后来她发现水里并非什么都没有，其实是有鱼的，只是不多，红色的小鱼，非常漂亮的小红鲤鱼，也可能不是鲤鱼，她把鞋子脱下，袜子也脱掉，把脚伸进水里，那些鱼就聚拢过来，啄她的脚指头，让她忽然觉得感动，又有些莫名的恐惧。

那时候她很需要有人为她解梦。就像需要偶尔看手相和面相，需要算命。她只是想要知道答案，早一点，越早越好，关于这辈子。她是个宿命论者，相信一切是早有安排的，所以沉默是最好的面对方式。儿子，母亲，父亲，兄弟，但她不怎么提她的丈夫，那个水产公司的销售员，她与他的唯一相似之处只是腹部都有一道刀疤。生活是凝固的，此外的一切是流动的。她是个好听众，从来不会打断你把读过的小说讲给她听。《约翰·克利斯朵夫》里面的那个每天很晚才起来、整天懒懒的不言不语的女人，萨宾娜，有个小女儿，靠卖些针头线脑过活，没事时总是自己出神。很像她。她看了那段故事，觉得自己根本就没有那样的神秘，过于简单了。简单是另外一种神秘。她摇摇头，侧过脸去看外面："简单就是简单，不可能的，金姐这点道理还是懂的。"她从不谈自己的事，也很少发脾气。即使是他们说她假装正派而私下里却在引诱一个还没开窍的毛头小子，她也没有发火。其中一个女人直白地反问她："你什么不懂呢？人家可是什么都不懂的。"她并不反对别人谈论她，但是她不能忍受他们把人说得这么脏。她把那些人的传言复述给我，让我忽然间有种心底一阵灰暗的感觉，心肌的纤维因为绷紧而抽搐着，这样似乎可以更安稳地承接那些纷纷落下来的灰尘……我们做过些什么呢，想来想去其实只有一次是单独跟她出去的，陪她去看她家的一处空房子，楼上跑水，冲坏了墙面表层，她去找那家男主人，谈赔偿的事，我站在她的身后，被她称为自己的弟弟。再没有别的事了。或者是因为我们经常说话吧，在办公室里，或者在外面，单位里出去郊游的时候，别人都在搓麻将喝酒，而我们却在不远处看山看水，聊东聊西。

七年里我们先后换了三个办公室。她是打字员，我是调研秘书。她每天乘坐通勤车要经过一段靠近河堤的公路。从车窗里可以看到浅而浑的河水向西流去，对岸是青幽的山脉，傍晚时看上去很像海面上起伏的深蓝色海兽的背脊。时断时续地说起遥远的下放农村的事。一家八口人，没人帮他们，没有粮食，没有住处，油坊街，露宿多日……鸭子把蛋下在野地的草丛中，打了一个在铁勺里加上酱，伸入灶里，烧得喷香金黄。大雪天，大哥的朋友，一个小学老师，他说她很好看。还有父亲，喝不到酒，就喝酒精，醉了就打哥哥们，五个哥哥，太多了，总是吃不饱，时常打架，这么多年过去了，他们都要老了，彼此都有点冷漠。只有五哥爱护她。他现在也还是很穷。好人都很穷。她不想过穷日子。很早就不想了。她拼命学习，考上了高中，可是录取通知书被父亲撕了，他让她去技术工人学校。“不要指望别人养活你！”她恨他。那时她想不通，为什么他喝了酒精都不死呢？直到很晚，她才遇到一个似乎懂得疼爱她的男人，那时她儿子都上学了，那人很耐心，不断地资助她，包括她的亲人。她走到边缘了。经常出去吃饭，会很仔细地化妆，对着镜子出神，周末会去远郊玩。她说从来没这么痛快过。然后，她又重新退了回来。她对那人说出了心里话，我不能再迈一步了。那人说没关系，你走哪儿算哪儿，我不会勉强你。他跟她的小姑姑很要好，后来跟她的表姐也很要好。她不想再要什么了，开始整天待在办公室里，面对打字机，或者在沙发上睡觉。那时企业里的节奏非常缓慢，我经常跑回家里，一个人躺在床上看书，写些自以为是的文字。

你什么时候写一写金姐呢？冬天里，她拿着那只白铁茶缸，站在我的旁边，里面刚冲了些速溶咖啡，对于这种东西她并不喜欢喝它，而是喜欢它的香味，她轻轻地闻着，然后才几口喝掉，就像喝凉水一样。明亮的冬天被霜花遮在了窗外，非常明亮，可是霜并没有融化，外面异常寒冷，暖气片因为工业蒸汽压力不稳定而不时发出奇怪的脆响。我坐在电脑前，反复描述一块玻璃上的厚而不失美妙纹络的霜花。每天都会更换一块玻璃去描述，不同的图案，里面会有不同的可能。我想了想，说肯定会写一写的。她笑了笑，随口说起另一个女人，那个女人处处争强好胜，她经常来找金姐聊天，以示友好，其实是想了解为什么会有那么多的男人喜欢赞扬金姐。“你好在哪里呢，我就不明白了？”她毫不掩饰自己的想法。“其实你那么做作，”她笑着看着金姐的眼睛，“嘴又很笨，又没什么文化，除了身材还不错，你还有什么呢？”金姐侧着头笑了笑，想了一下说：“确实没有什么了，其实在乡下那些年对我影响太大了，让我一直都很像乡下人，而我只不过是凑合活着罢了，活着没信心，死了没决心，这是我的格言。”那个女人大笑起来，轻松地以一种开玩笑的姿态恢复了友好的表情。她很能喝酒。有几次她都试图把金姐灌醉，然后看笑话，但金姐从没有在她面前醉过。其实金姐几乎每次都难以抵挡这种拼酒，她不得不在其间到洗手间里吐一次，使自己保持足够的抵抗力，清醒地回家。那个女人有着无限的难以遏制的嫉妒、猜想和破坏的欲望，她的理想是让所有人都羡慕自己。我头一次见到她的时候她还很年轻，漂亮而精神，魅力逼人，非常的自信，是个演讲辩论比赛的高手。然而这么些年过去了，据说她几乎变成了一个酒鬼，经常喝醉，有时甚至会醉倒在办公室里，坐在地上，给自己的男人或者其他男人打电话，旁敲侧击、指桑骂槐，直到对方关机，办公室里的人都走光了。

现在金姐周围没有任何熟人。她喜欢这样。一年前，在省城的医院里，她查明了长时间以来为什么自己那么容易困倦、消瘦和情绪低落、莫名焦虑，甚至是厌世，原来都是一种名为甲状腺功能减退的病所致。人是多么容易陷到一种错觉里啊，她在电话里沉默了一会儿说道，几乎都是错觉。她告诉我："你离开这里的时候留下的那个文章，我还经常会看，你还记得么，就是叫《记忆》的那一篇？都是我和你说过的一些事，你写了下来，我读它们的时候，却觉得有点不像是我的事，更像别人的，我不知道为什么，还是那些事，变成了你的文字后就变成了另外的事，我知道是我的，我说过的，可我读的时候还是觉得是别人的……我不知道我在说些什么，嗯，不能再这么说了，再说下去，我又会……你是知道的，我一直都非常的自卑。"我拿着手机，站在窗前，感觉有些疲惫，不由自主地还有些走神。我不知道下面应该再聊些什么。"你在听么？"她有些不安。"我在听呢。"我说。"你在那边，现在还行吧？应该比在这边好得多的。"她的声音平缓了许多。我问了问她儿子的情况。“正在读初三，长到一米八了已经，还是那么的老实，学习很一般，不知道将来怎么办呢。”然后又是沉默。“那个谁呢，她在哪儿呢？”她的语气有些波动。“在北京呢，”我说，“有三年没见到了。”我来到外面。马路还在被不断翻开，一阵阵风夹带着沙土，漫天弥荡。晚上整理书籍的时候，在抽屉里发现一张金姐旅游时的照片，她侧身躺在草地上，后面不远处是几座略有些重叠的青翠小山，阳光强烈，她略微眯起眼睛，皱着眉头，微笑了一下，那时她很年轻，看上去像是结婚不久。我一时想不起来它怎么会在我这里。在这张照片里的她，更像一个少女，不是说年龄，而是气息，其实仔细想一下，说到底，她始终都是一种少女的状态，或许有段时间里不是，但大多数时间里都是的，就好像长到某个年龄比如十九岁的时候忽然就停止了。是不是这样呢？你没法再向她提问了。

姚台子

经过耐火厂西侧的铁道口，往北走，二十几分钟后，就能看到几块稻田之间的那一片水。我们都管它叫姚台子。它不过方圆百十来步，不知道是如何形成的。里面有鱼，偶尔能看到有人在那里垂钓。水是浑浊的，最深处也不过两三米，夏天总是温吞吞的。水底都是淤泥，很细腻，踩上去转瞬就把脚裹在里面，会让你有种惬意的不安。不知道是谁告诉的我们，那里可以游泳。水边还有个一米多高的水泥台子，还可以跳水。比起那些靠近河边的深不可测的沙子坑，它显得特别安全，也清静。除了我们，平时少有人来这里玩。我们不过是两三个小孩子，十三四岁。我们在这里学会了狗刨，最原始的游泳姿势，在岸上看，确实就跟狗在游泳一个样子。说是安全，其实那里也是淹死过人的，有小孩，也有大人。据说有个女的，是耐火厂里的工人，跟同事相好，后来那人回了南方老家，她就投水死了……之前没人知道他们相好。还有个钓鱼的老人，不知道怎么就淹死了，钓到的几条小鲫鱼，还在小铁桶里活着呢，可是人却漂在了水面上。有人说那里其实是有水鬼的。因为晚上经过那里，有时会看到水面上的磷火。但这些传闻并没有影响我们去那里玩。真正让我们不再去那里的，是有一回我自己去那里游泳……八月里的一个下午，下着细雨……我从水里露出头来，看到有几个人在洗桶，是那种调农药的红色塑料桶。没多久，已爬到岸边，坐在草丛里的我，就看到有小鱼翻白浮上了水面。我记得以前曾有人管这种白肚细鳞的小鱼叫“马口”。那几个人走的时候，还冲我笑呢。

爷 爷

他光着头，待在那里，凝固在那个黑色的木制镜框里，表情有些肃穆，嘴角略微下垂，四方阔脸，棱角分明，黑白的，有点像戏曲里的花脸卸妆后的样子，下面的衣服也是黑色的。这张照片是上世纪六十年代初留下的，我看到它是在一九七五年冬天，那时还是张两寸照，贴在工伤证上。后来我再次看到它时，已被放大了，跟他本人大小差不多，作为遗像，挂在了墙上。

初看上去，他多少有点霸道，眼神偏冷，有距离感。后来看久了，就发现他眼里其实隐有某种不易被察觉的暖意，或是笑意，就藏在他的瞳孔深处。对他的凝视，使我常有纷繁的想象，我幼小的虚荣心也会忽然间就得到了小小的满足，有时我甚至感觉获得了某种神秘的力量……他是我爷爷。相当长的一段时间里，在我的记忆中，他是参加过解放战争、朝鲜战争，甚至还有对印度自卫反击战的英雄，还当过团长、师长，参加过几次著名战役，身上留下很多伤痕，有些弹片始终都没取出。在他收藏的那些旧报纸里，我找到了一些战争的现场报道，都被他用红笔圈出来了，很容易就知道为什么，显然他还铭记着那些战争时刻。后来家里用报纸糊天棚的时候，我特意挑选了那些有红圈标识的糊在我睡觉位置的上面，这样躺下来就可以看到它们，可以在想象中浮现那些个炮火中的故事。

他的脸刮得很干净，从脖子到腰都是挺直的。几套半新不旧的军装整齐地叠放在炕柜里，上面还有几件快要洗破了的白衬衫。那间阴暗的仓房里，有一个用油纸包着的铁盒子，里面放着几枚已褪色了的军功章，旁边是一台手摇唱片机和十几张旧唱片，还有一根军人用的褐色牛皮腰带，一双潮湿发霉了的翻毛大头皮鞋，另有一个油腻的小木盒子，里面放着十几粒不同型号的子弹，地上还有一颗重机枪子弹……我朋友蓝胜他爸跟我爷爷是老哥们，在朝鲜战争中受了重伤，耳朵差点就聋了，舌头笨重，回来后在砖厂俱乐部做看门人，他人高马大，还有些驼背，声音低沉，发怒时会发出令人惊慌的低吼。据说他跟我爷爷经常在一起喝酒，两个人的酒量差不多，喝起来旗鼓相当，爷爷说的话他基本上听不到，他说话我爷爷也听不清楚，但又时常说得很热闹。奶奶说当时这也是一景呢，看起来很可乐。我问过蓝胜：“你爸是当过师长吧？”他想了想说：“差不多吧。”当时我们坐在中学的大墙上，隔着槐树枝叶看着重重叠叠、起伏不定的那些旧街平房的屋顶，有一句没一句地这么瞎聊着，看上去自得其乐而又有点做作。

在奶奶眼里，爷爷是那种比较典型的没脑子。他讲义气。曾有一老乡，领着一家三口来，你爷爷听他说认识另一个老乡，就把这一家人收留了，在家里白吃白住待了大半年。这还不算，临走时，你爷爷还特意给人家带上米面、豆油、白酒，还有香烟。那人觉得过意不去，就把自己的一台手摇唱片机低价卖给了你爷爷，还搭了十几张旧唱片和几枚军功章，说是算留作纪念了。那些东西，也就是一堆破烂。奶奶忍无可忍了，跟爷爷大吵。爷爷做事虽然爽快，但说话却不够利落，不是奶奶的对手，于是索性不理会，自己喝酒，喝好了之后，丢下一句“你这个人呐”，嘴一撇，扭头就出去了。在外面走了大半天，他才转回来。那时他是砖场里的小工头了。他始终都有些怕长他两岁的奶奶。当年若不是奶奶，他不可能以一个贫困闲汉的资本娶妻得子，也不可能闯到东北落地生根，他弟弟也不可能躲过征兵，被奶奶安全地带到东北，这些都是他做不到的事。他经常对朋友邻居说：“你二嫂是个能人。”只要是能人，不管哪个行当的，他就是两个字：服气。

他很喜欢我。我两岁那年开春，他从外地回来，一把就抱起我，顺手就把我夹在棉裤腰里，让我从他棉衣的开口处露出脑袋，到处转悠，有点炫耀的意思，结果我把他的肥腰新棉裤给尿了，他是一路笑着回家的。那时他已是运输车队的副驾驶了。两个月后，在公共汽车站，我们一家人送他去南方。他抱着我，迟迟不肯放下，那也是我最后一次紧挨着他的身体。当时好像奶奶莫名其妙地哭了起来，弄得爷爷有点烦，瞪着眼睛说了她几句。我五岁那年的夏天里，几个很新的木头箱子在院子里被打开了，在阳光照耀下，像百宝箱似的，排开了他托人带回来的米面、豆油和水果。尤其是水果，都是给我的，胶东苹果、南方的柑橘，他一再嘱咐送东西的人，这是给我孙子的。而冬天里，他就死了，是脑溢血。奶奶呆呆地坐在自家炕上，面对着前来安慰她的邻居们，反复说着听来的最后场景，他那么高的个子，放在病床上，几乎是软软的，没有一点难过的样子，很安静地睡在那里，都不相信他是死了的，都以为他还会醒过来。

他以前常坐的那把竹椅子，我特别喜欢坐在上面。往后一躺，不是很舒服，但是有种奇怪的感觉。谈到爷爷，爸爸常常是三言两语就打发了我。爷爷看我爸从没顺眼过。爸爸也不喜欢他。他出身贫农家庭，可规矩不少，吃饭时女人跟孩子都不能上桌，等他吃过了才能接着吃。家里人很少跟我讲爷爷的事，就算听到我对别的孩子吹嘘爷爷的丰功伟绩，他们也不说什么，顶多是一笑了之，权当是小孩子的把戏。多年过去了，在时间推移的过程中，我已经隐约意识到，很多事其实都是我自己想象出来的，而不是真正发生过的。尤其是关于爷爷的事，我想我需要知道一下真相了，他究竟是什么样的一个人，有着什么样的经历，最早是做什么的，后来做了些什么？于是就去问我爸爸。他漫不经心地看了我一眼说："你爷，也就一普通人，能干什么呢？他呢，当然没参过什么军，也更不会是什么军官，那些衣服都是你那个当军官的姨爷给的，他穿不下，就搁在那儿了……那些子弹什么的，也是他从你姨爷那儿要来的。"说到这里，爸爸就不想再多说什么了。他知道的事也并不多。很多事他跟我一样，都是听别人讲的，而且他也不愿相信那些是真的，比如说爷爷跟奶奶的关系、爷爷为什么会死在外面，等等。倒是奶奶讲了些爷爷的具体经历，彻底把爷爷从我制造的传奇状态中拉了出来，恢复到日常的地界上。

"你爷爷，"奶奶撇了撇嘴，把刚卷好的旱烟点上，继续说道，"我认识他时，他就是个小贩。他是禹城的，不知怎么跑到了青岛，卖烧饼，卖柴，卖开水、杂货。有段日子很穷，快要讨饭了。经人介绍，我跟他认识的，结了婚，我给了他点钱，做起了小生意。那时他不抽烟，不喝酒，人也本分，可就是有一个毛病，好赌，是那种小来小去的赌，不是大赌，大赌他没那个胆子。小赌也不行，挣几个钱，几下就输了。有一回我去街上，看他还在不在，结果只见摊子搁在那里，就是没了人影。旁边的人努努嘴，指向了旁边巷子里。我就过去，敲门，里面不开门，打开小窗口，问我找谁。我说你开开吧。他说二哥不在啊。我就瞪着眼说，你不开门我就砸门了。那人见我真恼了，就开门放我进去。里面人很多。我顺手就操起一根柴禾棒子，背在后面，来到他的身旁。他正吆五喝六，瞪着眼睛，盯着桌上碗里的色子。我说老赵，他没回头，瓮声瓮气嚷道，干什么?！我抡起棒子就是一下子。他疼得跳了起来。回头刚要骂，见是我，就转身逃了出去。你爷爷胆子挺小的，别看他人高马大的，一听外面有枪炮声，人就堆了，一步都挪不动，还见不得血。街坊邻居都知道他人好、仗义，可见到他时还是会怕他几分。”

他们见面时，奶奶三十岁，爷爷二十八岁，已是晚得不能再晚婚的人了。爷爷带着奶奶和爸爸回了老家，住下没多久，家里人就觉得这婚结得有些莫名其妙，对奶奶的脾气个性也颇有微词，尤其是太奶奶，对这个从胶东来的见过世面的儿媳妇怎么看都不舒服，不明白爷爷怎么就娶了这么个媳妇回来，另外我爸爸当时瘦得不成样子，跟个病猫差不多，也让老太太不喜欢。奶奶是个有主见有脾气的人，不受这个，拉着爷爷抱着爸爸就离乡进了城。……解放禹城的时候，爷爷正在城外。他担心城里的老婆儿子，就跑到护城河附近，想游过护城河进城，结果差点被流弹打死，侥幸逃了命出来，却又得了伤寒，险些死在荒野里。他命大。老房东的女儿救了他，奶奶说，那女的是八路，进禹城时骑着高头大马。枪炮声停下没多久，她让几个兵抬了担架进来，上面是正发着高烧、蓬头垢面而且神志恍惚的爷爷。真是谢天谢地，奶奶说，隔壁的房子都给那大炮弹炸没了。

爷爷本名是赵承铎。按《说文解字》里的说法，“铎，大铃也。军法五人为伍，五伍为两，两司马执铎”。而《现代汉语词典》的解释则是“铎：大铃，形如铙、钲而有舌，古代宣布政教法令用的，亦为古代乐器。盛行于中国春秋至汉代”。祖上取这名的意思，估计也是希望他有点小出息就可以了，不说光宗耀祖吧，至少能给赵家发点声音出来。而他偏偏就不是个爱发声的人，一辈子也没做过什么有声有响的事。……一九五二年初冬，在抚顺的爷爷，终于把自家的房子盖了起来。之后没几天，就是大雪数日。雪深三尺，几乎埋了半个门。从未到过东北的奶奶，领着我爸爸出火车站时，被这大雪惊得说不出话来，嘴里不住地念叨：“我的天爷啊，天下怎还有这么大的雪……”

那时我们家周围还有两户人家，彼此相距几里地。春夏间人家都在屋子外面种蔬菜、高粱和稻子，而我爷爷却偏偏要种向日葵，一种就是十几亩，很不可思议。那些向日葵倒是很容易长了起来，错落生出墨绿的阔叶，纷纷开出金黄的花盘，在阳光下左右摇晃着，很壮观。夏天傍晚，下班后他就光着膀子拿着蒲扇，坐在门口的竹椅上，看看太阳落山，吹吹风，半闭着眼睛，一副多少有些奇怪的自得其乐的样子。奶奶后来透露说，他曾经说过，将来老了之后，他们要搬到南方的小城市里养老，比如苏州，或者常州，他特意托朋友问了一下房子的价钱，并不贵，还不时买些生活用品备上，准备搬走时带上。这个想法，他只告诉过奶奶，连我爸爸都不知道。那些东西，直到我们家搬离城西郊时，才被我们发现，那时他已过世十年了。奶奶有些漫不经意地告诉我，这些事儿啊，跟你们说了也是说不明白的。而要是按照我爷爷的弟媳妇的说法，爷爷其实是不想跟奶奶一起终老的，据说他曾几次对人流露过这个意思。她说：“你爷爷，其实是个很内向的人。他们兄弟，都是很内向的人。”

奶　奶

现在，她无比安静地躺那里了，我的奶奶。从一九一六年开始的生命，到此终止了。冬天，凌晨四点左右，一枚不够明亮也不很黯淡的灯泡，悬置在她的上方，散发着浅橙色的光芒，映衬着那些寂静的器具，留下不同形状的不规则的阴影，她的手还是温和的，身体也还柔软，而外面暗黑的天幕是一种近乎冰封的状态。外面是零下三十几度，室内也只有十几度，这里没有别人，只有我自己，面对着她，或者她的遗体。她已经离开。父亲去找办理丧事的人。我该想点什么，而不是这样站着，也不是坐在她的旁边，可是我什么也想不起来了。

在我儿子降生之前，算命先生预言了一年之内我们家里的两件生死大事，我儿子来到这个世界，而我奶奶离去。她看到了他。于是她衰老得越发迅速了。她的眼睛不再像以前那样经常转动了，瞳孔上的蒙翳在扩散，慢慢驱走了光明。她有时候微笑。然而你能感觉到她比以往任何时候都在向后退去，待在角落里，等待着什么。她不再为自己的记忆力不好造成的失误辩解。因为她几乎不再有什么举动了。她要求自己住。父亲把她送到了我以前曾经独自住过的房间里。每天我们去看她，一次或者两次。每次的语言都在减少。少到不能再少的时候，我们与她一样，都在期待着什么。那是她的时间。有时候，我甚至觉得我们的期待已经超过了她自己的。某个时刻正在靠近她，而没有人想要出现在中间，我们站在一边，看着这个时刻发生。父亲哭了。我没有。从给她穿好寿衣、装入纸棺、摔碎烧过纸的被火熏黑的瓦盆，到去火葬场，她变成了堆骨灰，所有的仪式都结束了，我才哭了出来，就像是在哭自己，将体内的过去的一切沉淀统统倾空而去。

如果她识字，那命运可能就是另外的样子了，她在最后几年里，始终在为这件事而遗憾。然而就算是她不识几个大字，也仍旧是个很强的女人。其实她的性格，更像个男人。她胆大敢为，既能为了找爷爷而砸了人家私设的赌场，也能在朝鲜战争爆发后抢在征兵前夕把我的小爷爷带到了东北，而那年村子里被征走的一百多个新兵最后只回来三个。她后来说那天到东北后的大雪有三尺多深，她跟爷爷在屋子里喝酒醉了。爷爷从来都管不得她。每次听她聊起过去的事，感觉她眼里的爷爷更像她的弟弟，而不是丈夫。她最爱的人是她妹妹一家，我的小叔叔和小姑姑他们。她死后，一些事情被重新提及但仍旧是悬疑的，比如我父亲不是她的亲生儿子，她在嫁给爷爷之前，曾经嫁过一个国民党军官……真的是这样的么？被认为最知情的三奶奶也是闪烁其词的，说来说去，意思不外是她也是听来的，从太奶奶那里。我想起小时候奶奶曾给我看过一张旧照片，是她在青岛的时候跟好姐妹的合影，那时她很年轻，皮肤白皙。而且她说，从青岛时开始，她就会抽烟了。她还讲过在青岛看见的吸毒者，是一个妓女，在上厕所的时候毒瘾发作，提着裤子流着鼻涕跑着去吸毒。在经历过的地方里，青岛是最美丽的城市。她去那里时，只有十六岁。

我七岁的时候，爷爷死在外地，我跟奶奶住到了一起。她的那间屋子比隔壁我们家的那间要大得多，光线也更为充足，就算我住进去了，仍旧感觉空落落的……我喜欢躺在靠近门边的炕上，她则在另一边，靠着那只有花卉图案玻璃的炕柜，关了灯以后，她就坐在那里抽烟，是自己卷的旱烟。有时候，在黑暗里她为我讲九头鸟的故事，后来又变成了九头雕，几乎没人能把它所有的头砍掉，总归是有个头留在那里，把进攻者的努力化为乌有，她也讲爷爷在禹城里卖水卖柴和炊饼。青岛与禹城，刚好跨越了整个半岛，不知道他们是怎么走到一起的。太爷爷太奶奶都不大喜欢她，爷爷的兄弟姐妹们也不喜欢。因为她从来不肯留在家乡。也因为她信狐仙，而不是其他的日常神灵。她六岁的时候曾经得过一次伤寒，而那之前她的大哥已经因为这种病而送了命。她被家里人放在屋檐下的条凳上，与邻居家的一个同样得了此病的女孩为伴，放了一个白天之后，她活了下来，那个女孩死了。她认为是狐仙救了她。以至于后来有了我父亲之后，她毫不犹豫地让他认狐仙为师父，那个不知道待在哪里的，或者说待在她心里的非仙非神的灵异之物。

那个院子在冬天里似乎总是笼罩着寒霜之气，夏天里茂盛过的植物的灰黑残叶与菜畦的暗黑色冻土在早晨时被着白霜，她把冻得僵硬的白菜放在厚厚的菜板上慢慢用那把旧菜刀剁开它们，带着冰茬的碎菜叶子放在盆子里拿到室内就融化了，掺上玉米粉放在院子里给家里养的那些能下蛋的鸡吃。她钻进仓房取煤和柴，弄得满头灰尘地回到厨房里，重新生起半夜里熄掉的炉火。她的指节粗大，凝结着寒气，使她不得不承受疼痛。她以酒驱寒。手卷的旱烟夹在手指间，脸上皱纹聚拢，又随着烟展开。我下去了，她说，然后就去走街串巷。那是她的工作。也是她的虚荣。过了很多年，我才感觉到那是一种虚荣。在那种虚荣中，也在那种传统的尊卑思维中，她无法容忍我的母亲无视她的家长威信。她冲到学校，对校长说我母亲有种种的不尊重长辈的地方。就这样开始了她们之间长达二十几年的争吵。

我看见兔子们跑掉了，留下空空的笼子，门敞开着，早晨有雾，院子里的鹅卵石也是湿漉漉的，然而那是发生在我尚没出生时的事，我怎么会知道呢？奶奶说，除非你是寄生子了。也就是投胎转世人的灵魂来到这里时看到了正在发生的事。她说这事的时候就像在说平常事一样，没有丝毫的惊讶。我不知道自己是什么时候开始理解她的。我结婚的时候她重新找到了希望，想跟我们住在一起，从而离开我父母的家，而这几乎是不可能的，她又回到了近乎绝望的状态里。她也不知道，我这是一种逃离。离开父母，也离开她，以及永无休止的争吵。在偶尔回去的时候，她更为频繁地对我提起她年轻时的要强与聪明。她去过很多地方，直到遇到爷爷，那时她已三十岁了。是她让爷爷去东北的。随后她带着我的父亲也来了。那时我们家周围只有几户人家。她记得靠近路边的是李姓的裁缝夫妇，他的女人是上海人，会说日语，后来带着一笔钱跑掉了，留下裁缝自己和墙上掏出个空洞的房子，那洞是那女人用来藏钱的。那个女人是她见过的少有的聪明人之一。她清楚地记着那个身材瘦弱、皮肤白净的女人走路的姿态如何的轻飘，不能不为之叹息不已。

爷爷在外地脑出血去世的消息传来的时候，她坐在炕上默默地抽烟，邻居里的那些女人围着她劝说，她也不说什么。她们走了之后，她才起来到院子里，打开仓库，摆弄着里面的一些居家用的新器具，那是她让爷爷买的，她还让爷爷在南方的一个小城里买房子，将来好去那里度晚年。这是很多年以后她才告诉我的。她本来没想过要跟我们生活在一起。这是件令她非常失望的事，甚至比我父亲的内向懦弱还令她失望。在我五岁的时候，她就很坚定地认为如果我父亲跟母亲离婚的话照样还可以找到更好的姑娘。听到她这样说，我父亲就落了泪，他请她别这样说了。这是我母亲讲给我听的。她们两个人，相持了二十几年，也没有分出胜负。即使在她再也不能与我母亲毫不相让地争吵的晚年，也没承认我母亲比她更强。她总是闭着眼睛，昂着头，抽着烟，无视我母亲近乎失控的指责。很多事都已想不起来了。我不知道这是不是我潜意识里有意遗忘的。

奶奶不在以后，我很想找个时间跟父亲谈一谈她的事。但这个机会始终都没有出现。周年的时候，我们去骨灰存放处为她扫尘，在那些死者的狭小空间里找到了她的位置，父亲把上面的灰尘轻轻地抹了去，我把酒倒在地上，然后烧了些纸。我们在那里待了半个多小时，然后离开了，顺着那条狭窄弯曲的郊外公路往城内走去，一直走到公交车站，等了半天车，从始至终我们都没说什么。奶奶走后，父亲忽然老了很多。坐在车里，我想了想，还是问起他是不是亲生儿子的事。他自己也不敢确认，究竟是还是不是，消息基本上来自周围的亲戚与老邻居，而他们又都是听别人说的。按跟奶奶认识最早的三奶奶的说法，她来到爷爷身边的时候，已经带着我父亲了，而且实际上她并没有生育过。这些我并没有跟父亲提起。这些都不重要了，父亲叹息道，她对人还是挺好的，她只是不懂怎么关心身边的亲人。

无论我想或者不想梦到她，都是无用的，她是留在我心里的一个声音，一个缺少光亮的影子。我从来没有梦见过她么？

那么我听到她叫我就醒了过来的那一次又是怎么一回事？她叫我的名字，胶东即墨的方言，她的形象浮上来，随后我就是醒着的，随之而来的，还有我七岁那年春天她采来刚发出没多久的菠菜嫩叶，做成小包子，蒸熟了给生病的我吃的情景，她用白酒擦我发热的身体降温的情景……她开始沉默的晚年，我偶尔陪她晚上散步，让她忘掉一些事，而她的记忆力已经在急剧减退了，时常这样那样地出错。每一次劝慰她的时候，我的言辞是多么像那些神甫啊，接受吧接受吧接受吧，我说的所有的话归根到底似乎也就这三个字了。而为了使这三个字显得更合理一些我每次都要给她一个苹果。她喜欢苹果，看到我的苹果会很高兴，但不舍得吃，而是放在床上隐蔽处的布袋里，她觉得她更喜欢闻到它们的香味。

在她临终前一个月的时候，她已经开始整日躺在那张我曾经睡了好几年的单人床上，不再活动了。她有时候会出现幻觉。有时候还会认不出人来，甚至认错人。有天我过去看，外面下着雨，父亲不在，只有她一个人躺在那里，望着天花板出神，就像睁着眼睛睡觉一样，长时间地一动不动。我看了看桌子上的那些食品和水果，跟我上次来的时候差不多，几乎没怎么动过。我坐到了床边，伸手轻轻地握住了她的手，皮包着骨头，皮肤凉丝丝的，听到我的走动声，她侧过头来，看着什么地方，并且开口说道“是你么”，她叫出的是她妹妹的儿子的名字。我想了想，就直接告诉她是我，她的孙子。这时候我才意识到，她两只眼睛已经完全失明了。听出了是我，她仍旧是挺高兴的样子。我给她倒了杯水，慢慢地用汤匙喂了她几口。然后又给她削了只苹果。可是她的假牙套还没有戴上。她似乎清醒一些了，听我说说外面的事，听着听着，就哭了起来。我有些尴尬而又不安地问她："为什么哭呢?""唉，"她说，"我真的是老了啊。"

矸子山

说是一九七九年的时候，来了一群日本专家，到抚顺考察。他们什么都没相中，唯独看中了这座矸子山。它的本名，其实是华山，也叫矸石山，叫来叫去的叫白了，就成了矸子山。其实是露天矿开采过程中挖出的油页岩堆积而成的，方圆有几公里，最高处海拔近百米。山上多数地方是平缓的，铺了一层砂石，盖了很多排整齐的平房，里面住的几百户，都是矿上的工人家庭。我姥姥家就住在那里。每次下过雨，山上地面就会冒热气，带着浓郁的油味儿。日本人开出的条件，是给全市每个家庭一台小轿车，换这座矸子山。这个消息着实让全市老百姓兴奋了一段时间，人们经常在私下里聊天之后，忍不住要憧憬一下满城跑小轿车的场景。但最后政府拒绝了日本人的提议，说这是非卖品，是城市的一部分，割下来给外国人拿走，无论如何是说不过去的。其实是留了个心眼儿，既然日本都觉得这座砑石山是宝贝，那我们就更不能卖它了，虽说咱们也不知道怎么开发它。失望之余，大家想到我们竟然拒绝了小日本开出的如此优厚的条件，又都不免自豪起来，说这就是孔老二说的“贫贱不能移”吧。也有人说这是孟老三的话。我们当时也不大清楚这两位是什么人，听起来好像是很有名又有些搞笑的古人。通上砑子山的道路都不大好走。尤其是去我姥家的那条路，因为比较陡，走起来特别累。下过雨之后就更难走了，因为雨水把原本压实了的砑石路面冲得松动了。有一年夏天，我姥姥就是在下过雨之后摔倒在那条路上的，结果左大腿骨折了，一躺就是三个多月。十多年以后，政府又想起了这座砑石山的价值来，派一组专家到这里考察了半天，结论是这些砑石已经不能用了。

姥　爷

这回得绕很远的路了。车子开得很慢，在这个被挖得千疮百孔的城市里摇晃着前行，像深水中的小舟，耐心地划出一条最大弧度的曲线。原来的那些路，不是被翻开就是被封闭了，剩下的都是些坑坑洼洼的，车子只能慢吞吞地颠簸。在过于茂密的树木跟其他疯长的植物之间，有条战备公路，像隧道一样幽深，车灯不断照亮两侧黑暗中忽然涌现的一簇簇黑油油的叶子，有时甚至会让你觉得那些缝隙里像隐藏着什么动物，正默默凝视转弯的车子，还有我们。

从机场到家的这一个多小时里，我想起一九八七年的冬天里，那个下着灰色细雪的下午，我用姥爷给的七十六块钱，买了那套《鲁迅全集》，然后就抱着它们，挤坐在小公共汽车的尾部，偶尔抽出一部，翻上几页，闻闻书里的味道，车窗上的厚霜在融化，露出几块形状不规则的幽暗……还有些其他的场景，比如冬天的暮色里，他推着那辆高大的自行车，慢慢爬上那座矸石山的坎坷坡路。我觉得很难想象一九四三年的那个初春，十五岁的姥爷和他的两个弟弟是怎么从河北吴桥一路曲折逃到东北的。那时路上逃荒的不计其数，同村的、外乡的、河北的、山东的，都奔着关外的东北而去。可是还没过山海关，就已经有很多人死在了路上。他们能活下来，是因为姥爷在临行前除了搞到些干粮，还弄到一大块豆饼，藏在背包里。另外他总能找到点别的什么可以吃的东西，比如冻萝卜、地瓜干、皮革、牲口草料里的种子、鼠窝里的大豆、麻雀，以及壁虎、蛇、田鼠。另外，他会喂牲口，这门手艺救了哥儿仨的命。

到锦州的黑山一带时，正赶上一个大雪天，他们投在一户富农家里。姥爷上半夜给几匹骡子清理了棚子，下半夜又铡了很多的草料。天蒙蒙亮时，他劈了一大堆柴，然后帮着男主人去井台那边挑了几桶水，把厨房里的两个大缸灌满。他说在劈柴时差点站着就睡着了。那个大个子男主人告诉他，去抚顺吧，那里有煤。他给了姥爷一个破布袋子，里面装了八个大玉米饼子、几个窝头和咸菜疙瘩。半个月后，他们到了抚顺，鞋子都走烂了。接下来的日子里，他们讨过饭，帮倒卖牲口的喂过马，还给一位日本的电气工程师当过马夫。姥爷的电工知识就是跟他学的。他们有一张合影，姥爷还留着，但只有他自己的那一半了。他说那个日本人叫田中，很内向，几乎没有朋友，特别喜欢马，还会吹笛子。

要是一九五二年春节前，政府没征用那一整条街的门市房，要是姥姥买到了去锦州的火车票，他们就遇不上了。但姥姥当时不但没买到票，连随身的东西都被偷了。她只好带着三岁的我母亲暂住在姐妹家里。那个姐妹的男人，跟姥爷是老乡，也在矿上工作。“我会照顾好你们娘俩儿的。”据说姥爷在老乡家里跟姥姥不声不响地面对面枯坐了半个多小时之后，就说了这么句话。当时姥爷已是国营露天矿里的电工技师了。为了配得上有高小文化的姥姥，姥爷特意读了一年工人夜校，读到可以看书写信。经常地，在晚上吃过饭之后，他喜欢给姥姥读读旧报纸。

从十二三岁起，我就经常坐公共汽车去给姥姥送药。那座矸石堆成的山是那么的低矮，经常会冒出味道奇怪的烟气。西侧的山脚下，是古城子河，也叫煤泥河，因为源头就是矿上的洗煤场。河水流下来，带着很多细小的煤渣，跟淤泥混合在一起，就成了煤泥，老百姓买这种泥打煤坯（用那种长方形的模子，把煤泥放在里面，蹲在那里用手拍打，直到平滑整齐，变成一个黑色柔软的方块），晾在空地上风干，然后就可以烧炉子了。山上住的都是矿上的职工。姥爷家的院子至少有四分之三是被仓房占了的。仓房里，院子里，有很多从矿上捡来的边角余料，漆黑的枕木，粗大的道钉，自行车里外带，几筐大块的煤，还有成筐的劈柴，专用来压炉子的几编织袋碎煤。不管有多少东西，经过姥爷的手，就都会是整齐的。他近乎着迷地存储各种东西。他相信它们总有一天能派上用场的。“家里没东西，怎么行呢？”

那时姥爷家是个安静的地方，总有股卫生球的味道。干净的水泥地上，总是有些潮湿的痕迹。碗架柜里常会有一碗姥姥做的腌黄瓜，或是腌豇豆、蒜泥茄子，锅里也常会有米饭，泡上热水就可以就着小咸菜吃。房间也小，入门处是个小间，最早老姨住在那里，里头有个小书架，老姨嫁人后它就归了我。海城地震时，我跟妈妈、妹妹刚好在那儿住，晚上早早就躺下，可是都不敢睡，房门开着，院门也开着……姥爷站在院门口，不知在看什么，偶尔能听见很远处传来的火车声，还有火车要来时值班工人敲打铁轨的声音。那时我以为世界要发生什么大事，可到头来不过是很远的地方发生了地震而已。

我五岁的那年冬天，妈妈跟奶奶吵架，爷爷把我们一家四口赶到了隔壁尚未封顶的房子里。好在炕是好烧的，我们一家人躺在热炕上，盖着厚厚的被子，望了半宿寒夜星空。第二天姥爷来了，怒气冲冲地丈量了房顶的尺寸，然后破了好多根收藏多年的红松枕木，找来几个工友，用了不到两天，就把房顶给上好了。当时爷爷觉得这事儿处理得有点过了，就尴尬地要请姥爷进屋喝酒。姥爷把自行车抖了两抖，压了压气，回头对我爷爷说：“对自己的孩子，不能这样，是不是？”据说我爷爷那张宽阔的脸，当时就红得发紫了。

七十年代末，姥姥得了场大病，花了很多钱才捡回了一条命。当时姥爷去两个弟弟家里借钱，没有借到，就把自己的手表和自行车都卖了。这件事对他的刺激很大，在他看来，最丢脸的家门不幸，就是兄弟无情。他认为是自己这个兄长没当好，让两个弟弟变成了这种人。因为急火攻心，他得了种怪病，就是脸变成了暗红色。看过几家医院，都不知道病因何在。后来找了位老中医，开了个方子，每天吃两斤煮熟的草参，像吃菜那样吃下去。那种草参特别的苦，放很多白糖也还是苦。方子是有效的，吃了一个多月后，脸上的红色就慢慢地消了，但鼻头上的那一点始终还在。姥爷发脾气的时候，那鼻头就会异常地红。

殡仪馆的人指挥着几个工人，把他从冷藏柜里抬了出来。司仪是个粗壮的中年人，念念有词地指挥亲属们扯起白布，为姥爷的身体遮一下天光，然后他拿着蘸了白酒的有木杆的棉球，从上往下依次去开眼光、开胸光、开手光、开腿光、开足光，最后把一些黄纸包成铜钱状塞在身体的两侧。跟生前一样，姥爷戴了顶深蓝色的有檐布帽子，穿了身普通的蓝布衣服。他的脸是黑黄色的，这是最后那一年里几种疾病反复摧残的结果。他活了八十四岁。

遗体道别时，亲人们站在边上，看着来宾们从躺在中央的姥爷的另一侧绕行而来，经过我们的面前……我的耳边不时响起他的说话声，那种有点像唐山话的口音……他念叨着我的名字，自言自语似的说：“你这个小孩儿，不好好读书，可不行啊……考不上大学，考不上中专，再考不上技校什么的，到那时，你还能做什么呢？去乡下种地，人家也不要你哦，你也不会干啥，小胳膊小腿儿的……那不就成了废品了么？”后来见我也没有起色，就不再说这样的话了，只是用那种温和的似笑非笑的眼光，不声不响地眯起眼睛，打量着我，好像在说：“怎么办呢，你？”偶尔忍不住了，或者心情很好，他就会没头没尾问一句：“怎么样了呢？”这时我身后通常就会响起我妈妈的声音：“唉，还不是那样……”他出神地想了半天，然后叹了口气，对我妈妈说：“那就多琢磨琢磨别的吧，怎么也得有个饭碗不是？”

后来我技校毕业，进了家石化企业做仪表维修工。姥爷还特意骑自行车来看我。当时他已经六十多岁了，刚退休没几年。他是露天矿里评出的第一批八级工，也是第一批高级技师。早在七几年时，他的工资就已四百多块了。等到二〇〇〇年时，我的工资都涨到了一千多块，可他的工资仍旧是四百多块。有一次矿上工会的人“五一”来家慰问，他是真的怒了，就好像整个脑袋马上就要火山喷发。但他说话的调子，却是平静的，一字一顿：“你们是在拿我们这些老人开玩笑啊，你们，你们这些人啊，我都替你们害臊。”

那座露天煤矿方圆十几公里的巨大深坑，就像一颗陨石撞击后留下的。在它的衬托下，不远处的城区看上去就像是它的碎屑，保持着向四周辐射的状态。城市中心的地下还有相当储量的煤，但已不能再挖了，否则整个中心地带都会塌陷下去。姥爷工作的地方就在大坑的边上，院门前就是运煤的小火车专用的窄轨铁道。从露天矿坑深处，时不时地会浮出一些烟雾，空气里弥漫着浓郁的煤味儿，以及矸石本身的那种油味。我放寒假时，姥爷经常带着我上班。那里总能看到几只麻雀落在不远处的电线上，灰突突的，动也不动，而铁道间及两侧的碎石上还有不久前的积雪，上面布满了煤尘，几经融化和冻硬，看上去更像是某种废弃的化学物品，旁边窄马路上的雪则早就被清理掉了，堆积在路旁，变成了长长一列黑土冰堆。

姥爷让同事给我做了副冰鞋，领着我来到一片宽敞平滑的雪地，让我自己在那里滑着玩。他自己则站在露天矿大坑的边上，背着手，注视着下面。那片雪地是化过又结冰的。后来起风了，天色更加晦暗，姥爷就叫住了我，领着我往回走。我能看到很深的地方，有很小的火车在慢慢地移动着，再高一些的地方，还能看到一些大卡车在晃动……只是看不到人。

我问姥爷："有没有到过最深的地方？"

他想了想，说是下去过三次。

"那在最深的地方是什么感觉啊？"我又接着问道。

他瞥了我一眼："什么感觉？就觉得，这人哩，其实跟煤是差不多的，可能还不如煤呢，就那么一丁点儿，你在下面，再往上看看，那上面的天……”

他说“天”的时候，发音是“甜”，现在想想，还觉得很像评戏里的老生念白，些微的乐感里，还有种莫名的苍凉。

妹　妹

在我们那代人的青少年，有个妹妹像个尾巴似的跟在后面，是很常见的事。我妹妹从小就跟我特别亲。不过我小时候可并不太喜欢这个胖乎乎的妹妹。至于原因么，很难说得清。可能是因为那时她的运气总比我好吧，让我在潜意识里多少有点嫉妒。

她的好运气从出生时就开始了。我出生的时候是寒冬腊月，地都冻裂了，爷爷借了手推车把我跟妈妈推回的家里。而我妹妹则生在十月末，正是天刚冷却又没暖气的时候，可她降生的那天赶上医院暖气试气，产房里非常温暖。我生下来以后，我妈上班的地方很远，中午赶回来喂奶时，我已被奶奶用苞米面糊糊给喂饱了。而妹妹生下来的时候，我妈就在家门口的那个中学上班，妹妹天天都能吃到足够的奶水，所以她从小就是个白胖的大嗓门，哭起来比我还敞亮。

我一岁刚满就断奶了。开始能自己吃饭的时候，家里没什么可吃的东西，天天都是白菜豆腐之类，很少见到油星，炒个黄豆用酱油泡上也能算小菜。而妹妹是直到三岁才断的奶，到能自己吃饭的时候，家里的经济条件已有了明显改观，开始有油有肉了，偶尔还会有水果，过年时还能吃到糕点罐头。上学以后，我直到五年级才遇到一个真正意义上的老师，算是让我见到了光明。而我妹妹从小学一年级开始就遇到了不错的老师，一直到中学，从来没有吃过任何苦头，更不用说体罚了，她还做过班干部和少先队共青团的干部，最差的时候也是课代表。而我，在漫长的学校生涯里经常被老师体罚，即使在最出彩的时候，也只不过做代数课代表而已。

童年的阴影漫延了整个少年时代。我妈经常会觉得我是个没什么希望的孩子。我的学习成绩，我犯的错误，都会时不时地让她头疼不已，有时甚至觉得很丢面子，她是老师，而我却是相当差劲的学生。妹妹学习好，也听话。不过说实话，除开那些为数不多的心存嫉妒的时候，我还是很爱妹妹的。从幼儿园时就开始因为护着她而跟别的男孩打架。八岁的那年，还因为用一块大石头砸伤了欺负妹妹的一个十多岁的女孩，被人家全家十几口人围住我们家的大门要求赔偿，那情形跟抄家差不多了。

那时最让我无法忍受的不是别的，是放假的时候她整天都要跟着我。她的理由很简单，是咱妈让的，你要是不想让我跟着你，就跟妈讲去。所以我经常是面沉似水地走在前面，而她跟在后面，两个人整天四处游荡。这种情况到了我上初中时，忽然间发展到了极致，那时妹妹已经不怎么跟我出去了，但有时候看电影、去公园什么的，她仍旧习惯于跟着我走，搞得我非常难堪，经常提醒她，不要跟得太近了，让人看到了不好。她大为不解，近了怎么就不好啦？我说就是不好。她故意作对："我觉得挺好。"回到家里她就告了我一状。我妈问我为什么不让妹妹跟着我走，我说："不为什么，我不习惯。"边说边对妹妹怒目而视。

不过说起小时候的事，我妹妹也是振振有词。"你看，"她慢条斯理地说道，"据说我四岁的时候在炕上玩，让你看着，我爬到窗台上，双手抓住窗栏杆，你也不管，然后我一脚踹破了玻璃，满脚都是玻璃碎片，在医院里护士用镊子捡了一个多小时，这事儿你还记着吧？""我记着呢。我妈差点没把我屁股打开了花。不过我当时看着护士往外捡碎玻璃，心里都发慌，可你怎么还笑呢？难道是因为你太胖了，脚上都是肉？"她笑道："那是扎了麻药，过后才疼的。""还有啊，"她接着说道，"有一回妈把我们锁在院子里，你想出去玩，又怕丢下我不好办，就让一个男孩从墙上翻进来，然后两人合伙把我推上墙头去，那边再让人接住，晚上再翻回来，可翻的时候你又想出花样，找了个筐，说是可以接住我……我们还一起偷过大白菜呢，这事儿你还记着吧？"

跟小时候的颇为有趣的经历相比，后来的事就没那么轻松了。一九八八年到一九九八年，是我们家里最不安稳的时期，爸妈还有奶奶，几乎是吵了十年。我参加工作以后就出去自己住了。家里如果有事，妹妹会打电话告诉我，回去息事宁人。她上大学的那几年，我们每周都写两三封信。她大学毕业那年，我也忙着结了婚。我是彻底怕了烦了家庭和事佬的角色，就把这件艰巨的日常工作转交给了刚毕业的妹妹。妹妹比我孝顺，也比我懂事。工作以后每月工资多数都上交给我妈，自己只留很少一点，不够花也不再要。而我妈是那种常常为了洗干净杯子而会失手打破杯子的人。她对妹妹的要求，常常严格到了苛刻的地步，会为了一些小事就随意批评妹妹不懂事。于是我成了妹妹最有力的辩护人。妹妹从小到大没受过什么挫折，而我是比较习惯于受到挫折，所以我非常明白，内心的安全感和自尊心的保持对于一个年轻人的成长有多么重要，同时我也很清楚的是，亲人之间的伤害，有时候往往会比外人来得更容易、更直接，也更深刻。

妹妹的懂事和善于调节气氛，使得我妈跟我爸总算是度过了有点漫长的更年期，把日子安稳地过到了今天。后来，妹妹当了商场的经理。她在三十二岁时才结的婚。她没被我妈的近乎神经质的状态和频繁的催促所影响，自己耐心地寻找，最终找到了一个适合自己的男人。现在，她自己也快要当妈妈了，应该是在今年的九月间。我也要当舅舅了。我们有空的时候仍旧会通电话，随意聊些身边的事，但远不如以前那么多了，有时候甚至短短几句话就结束了，很是匆忙的感觉。有一天晚上，因为我儿子的教育的事，我们聊了半天，话说得差不多了，她忽然想起什么似的，问我："哎，你还记不记得仙人球的事？""什么仙人球？"我一时没反应过来。她嘿嘿笑道："就是你上初中的时候，有天下午在你那个单人床上午睡，我不声不响地蹲在地上，慢慢地搔你脚心，你就伸脚蹬踹，然后我就把家里的一小盆仙人球放在你脚下，你一蹬，哈哈，满脚后跟扎的都是仙人球那种很细的白刺，你跳起来大叫，我是一边笑着一边帮你用镊子一根一根地往下拔的……"嗯，我记着的，那时候我十五，你十三，那件事发生在夏天里。二十年也就这么过来了。

社　宅

奶奶做“二级革委会”主任时，每天早起，喂完鸡，都会说一声“我下去了”，然后就出了门。她说的下去，就是去“社宅”那边。它在我们这片自然形成的胡同区的南边，从东往西，中间依次隔了个石棉瓦厂、公共厕所、臭水沟，还有个挺大的废品收购站。“社宅”的房子都是整齐成行的连体平顶房，而我们这边的房子是瓦顶的。住在那里的，不是耐火厂的职工，就是新钢厂的。两边的孩子虽然差不多都在同一所小学读书，但来往很少。放学时走的回家路线都不一样。他们走的是大路，我们喜欢钻胡同。他们的房子是企业建好分配的，我们的房子是自己家建的。我们有大院子，而他们只有很小的院子。两边的孩子们都自然形成了某种只可意会可不言传的优越感。直到大家最后去了三十中学（就在我们家东门外），这种感觉才会慢慢消失。有意思的是，两边的年轻人似乎很少会谈恋爱、结婚。跟我们这边不一样的地方还有，他们那边的大孩子经常会跟“安装”“北厚”那边的大孩子打群架，有时候还会发生大规模的械斗。这种时候我们是只有看的份儿了，特别仰慕他们的勇气；他们那边经常有小偷出没；他们那边偶尔还会抓到搞破鞋的男女，然后押着他们游街，都只穿着衬衣衬裤，脖子上挂着破皮鞋。我们会跟着走很远。那里的大人们跟我们这里的不大一样，就是不知道为什么，样子特别严肃，一本正经的。暑假时，我好像偶尔会去“社宅”那边瞎转悠，虽说连个人影都难见到，但还是转得很起劲，好像人家门口的垃圾桶都忍不住要看看。第一次看到电视，就是在他们那边，“二级革委会”的大院里，放的是电视连续剧《加里森敢死队》。不过我妈说我第一次看电视其实是在一九七六年，我四岁的时候，在耐火厂小礼堂里，收看电视里转播的毛主席追悼会，而我之所以没记住，是因为我只顾着在那些长条椅子中间爬来爬去了。

萧 叔

很多年了，那么样的一个人，竟然还是会偶尔地想起他，也是件挺有意思的事。有多少年了？二十多年是有的了。他的那张天生的笑脸，总是一副刚刚发生了什么喜事似的样子，看上去开心惬意得有点儿难以克制，到底却又还能克制，直到别人看着不免有些莫名其妙地羡慕他那么一下了，他才略微收敛了些。那时候，我有的可不只是羡慕，甚至还有些崇拜他的意思，当然伴随着这崇拜之情的，还有些颇为复杂的感觉，要是真的仔细说起来，话可就长了，至于能不能说得清楚，可是没有什么把握，要看我能捕捉到多少关于他的风和影了，试试看吧。

即便不通世事的十来岁的孩子，崇拜别人也是需要点理由的。他出名很早，中学第一年开学的那天，他在第一堂课马上就要结束的时候，点了支烟，虽然烟冒出来时下课铃也响了起来，但还是被老师抓了个正着，解送到教导处，被好好教导了一顿。他有气没处发泄，中午饭都没吃，蹲在校门旁边的一堆石棉空心板上，越想越不舒服，就拿着随身带着的白钢小锤在空心板上用力地敲，一下一个洞，他觉得挺舒服，一气敲了二十几个洞。他爸是个生意人，被教导主任领到现场，数了数那些洞，然后算清了账。他呢，躲在外面，几天都没回家，还托人给他老爸捎话："别找了，等着给我收尸吧。"他爸估计也被他气得发晕，告诉传话的人："告诉他，你小子有种，找个干净地方，吃饱了，穿利整点儿再去死，别丢我的脸就行。"

后来据说是他爸摸清了他的藏身之所，来了个突袭，用小麻绳把他勒回家的。这也是他自己说的，他爸把他吊在走廊里，用皮带抽他，直到他终于吐出"服了"这两个字为止。他爸很会用皮带抽人，是那种军人的皮带，牛皮的，舞动起来真是挥洒自如，力道轻重也是全在掌握中。他说服了，不只是因为痛，主要还是因为他发现他老爸的皮带功夫真是天下一流。在他眼里，他爸有很多地方令他佩服，比如喝酒，没看他醉过，搞女人，没见哪个女人闹过，做生意，没见他干过赔本的买卖，倒是空手套白狼的时候经常出现，还有他爸年轻时打架从来没进去过。在他爸眼里呢，他则完全是老虎生的一只猫，长了一张他妈的脸，中看不中用，还有一张他姥姥的嘴，啰里吧嗦花里胡哨的，一点儿都不像个爷们儿。后来他爸跟他妈离了婚，娶了个比他大六七岁的姑娘，可奇怪的是他妈竟然还一如既往地对他爸那么好。这个结果还有一个好处，就是没人管他了。他跟了他妈，可妈妈离婚后开始一心向佛、不问俗事了，这个儿子当然也是俗事之一，祸福由天、好坏由他了。他爸觉得既然不在身边，那就补点钱好了，于是他就有了钱。

在我妈的眼里，他是所有学生中最聪明的一个。可是他的聪明从来没用在正地方。他有了钱以后，经常逃课。被教导处抓住几次，后来要开除他，被我妈保了下来，我妈觉得他属于离异家庭的孩子，需要关怀。这一关怀，他就成了我们家的常客，中午、晚上都在我们家里吃饭，不但吃饭，连我和妹妹的水果他都跟着吃，让都不用让。他看出我的不满，就对我说："你别急，将来叔叔我还你，一个还十个。"听起来很不实在，可是态度够诚恳。他拿起我的《隋唐演义》小人书，翻了翻，问我知道四大名著么，我摇摇头。他撇了撇嘴道："我家里有，四套，每套都是四十本，那才是真的漂亮，你知道什么是漂亮么？就是你想都想不到的好，唉。"他摇了摇头："你这套，借叔叔看看，下月我还你的时候，再给你一套三国，怎么样？要是没问题，我就带你出去掏鸟蛋去。"

那次我真是对他大失所望，跟着他在外面走了大半天，跑到一个寂静无人的旧工厂里，在那些破厂房里爬上爬下，什么都没掏到，还弄得灰头土脸的，衣裤都脏了。"这就是运气啊，运气要是不好，喝凉水都能噎到你。"他摇摇头，故作深沉地说道。我自己闷闷地回到家里，琢磨了半天，才忽然有种不安的感觉，我的那套小人书，不会是回不来了吧？

他其实比我不过大个八九岁，而且长得又矮，可我得叫他叔，他姓萧，所以就叫萧叔。他写字很漂亮，不知道是怎么练的，什么时候练的，为这个，他是很自得的，拿了我的本子就给我写字头，一边写一边慢悠悠地自言自语：“这个字呢，你得练，知道不，你跟我不能比，我是天生的，我爸的字就漂亮，我爷爷的字也漂亮，这么说吧，我们家的人写字，没有不漂亮的。”那种自以为是的腔调，真他妈的让人受不了。不过他写的字，确实是好看的，看上去就像他的脸，眉飞色舞的。实在受不了了，我就看了看我妈，我妈说：“人家写得好，就要学，别光看着。”我低头去写字的时候，真是恨恨不已。

就在我烦他烦得快要不行了的时候，他毕业了。借了我妈的关照，他的成绩总算都在补考后过了关，顺利拿到了毕业证。他来告诉我这个消息的时候，我比他还要高兴呢。“这真是太好了！”我说，同时心里想，这回你总该滚蛋了吧？他买了两盒点心，还有一些水果罐头来感谢老师对他的照顾。晚上找个没人的地方，我去悄悄验收他送的那些东西，没敢开灯，就借着大好的月光，打开了它们。点心是碗糕，摸上去硬得很陌生，一点甜香味都没有，我数了数，一共十六个，一个都不认识；水果罐头呢，用螺丝刀转着圈撬开盖子，小心地尝了口我梦想多时的汤汁，味道是一点都不对，拿手电筒照了照盖子上的出厂日期，原来一年前就过期了。

“我的那套小人书呢？”我冷眼看着他。他是来道别的，跟我们一起吃过晚饭后，说是要去青海，在西宁，他有个叔叔，或者姑父，在那边做官，是个不小的官。西宁有个很有名的寺庙，叫塔尔寺。不远处还有个青海湖，都是盐，还有很多鸟，生活在鸟岛上。那里的公路是用湖水来保养的，浇到路面上就行，一会儿就变成白花花的盐路了。我本来没兴趣听这些吃饱了之后的胡言乱语的，我觉得我的眼睛能长出钉子，两根两根地反复钉到他的眼睛里，我的脑子回响着那种独特的永远也不会出现在现实中的声响。可他讲的那个湖还有那个寺那个鸟岛的事，让我在不知不觉中走了神。他笑眯眯地看着我。“我保证，”他忽然严肃了一下，郑重其事地抓住我的手，“我保证明年回来给你带一套三国和一套水浒，要是做不到，我就是这个。”他两手重叠，模仿了乌龟划水的样子。兴许就是这个动作，终于让他重新取得了我的信任。随后他又从兜里掏出一支钢笔，递给了我，说是留个纪念。小孩子见识浅，容易见利忘事，他就用这么一支旧钢笔，把我给感动了，用了两套永远都不会出现在我面前的小人书，让我不得不长时间地挂念他。

他走了多久，我记不清了。反正后来我基本上也意识到那两套所谓最漂亮的小人书——还有被他借了去的那套《隋唐演义》——再也不会出现在我面前了。他是个怎么样的人呢？这个问题，我只能提给我妈了。“这小子呢，人倒不坏，从小家里也不怎么管他，爱说大话，也爱说谎，”我妈想了想，继续道，“要是他能把心思用在正事儿上，是能有点出息的。”他写过几封信。信里说：“老师，我现在过得不错，平时帮我姑父办点事，还找了个女朋友，人很漂亮，明年春天，我可能回去看看，顺便也看看您……别的没什么，就是胃出了点问题，可能是喝酒喝的，这里的人，太能喝酒了。”

现在想想，一九八四年的春天，开始化冻的时候，他出现在我们家附近街头的场景，很像某部好莱坞默片的开场，没有声音，没有色彩，却热闹而喧哗。他烫了头发，戴了大墨镜（我们称之为蛤蟆镜），穿着西服，围了条大红围巾，下面穿了条裤脚拖地的蓝色烫绒喇叭裤，脚上火箭皮鞋（也就是很尖很亮的那种），叼着一根凤凰香烟，手里拎着一部大录音机，放着迪斯科音乐，领着那个又高又漂亮的女朋友，从公交车站那边大摇大摆地过来，踏着马路上刚化开不久的积雪残冰，看上去就跟外星人光临地球似的。那时我正在马路上没事四处转悠，看到他们由远及近，简直有点儿不敢相信自己的眼睛，这就是那个萧叔？那个喜欢吹牛、说谎成性、骗走我一套小人书、带给我不能吃的点心和水果罐头的家伙？很多小孩子跟在他们的后面，无比好奇地看着他们，主要是看着他手里的那个能唱歌的大家伙，他有意地摇晃着它，可是它的声音一点也不受影响，听到后面的孩子们不时发出叫喊，他还特意扭动腰身、晃晃肩头，做出要舞不舞的姿态，然后继续往前走。如果说大西洋海底来的麦克哈里斯在那时令我常常会在夜里做些奇异的历险幻梦，那么这位从青海回来的萧叔，则足以让我有种做上白日梦的感觉，一点都不真实，却又是如此真切地来到了我的眼前。

他觉得我长高了。没错。他女朋友很漂亮，身材高挑苗条，皮肤白里透红，大眼睛水汪汪的，说的是带点京味儿的普通话，举止大方得体，很有教养，据说会烧菜，精通毛线活，会英语，唱歌也好听，跳舞也很专业。他们的到来，在我们这里不仅是个不大不小的新闻，还给我们全家的虚荣心带来了不小的满足。这一次他显得非常大方，出手阔绰，带来了很多礼物，烟酒糖茶样样具备。他的卷发上抹的是发蜡。他女朋友嘴唇抹的是口红。他的墨镜是进口的。他的录音机是日本的。他的女朋友是大学刚毕业的。他的红围巾是内蒙古纯羊毛的。他的皮鞋是意大利的。他女朋友的父亲是个厂长。而他姑父，则是省长。他受他姑父的指派，到我们这边进煤，这是个大生意。他女朋友厨艺的确惊人，在我们家的那间小厨房里破天荒地弄出了一席盛宴，然后还即兴唱了首歌，《妹妹找哥泪花流》，字正腔圆近似于李谷一了。他的生活是传奇的，他的酒量也有点深不可测的意思，可他女朋友说他去年得了胃出血，差点开刀动手术。他说已经好利索了，这倒是真的，因为他面色红润。在当时我的眼里，他们两个人，就是我们所没有看到过的新世界新生活的化身。这种新奇的感觉弥漫在空气里，缠绕着他抽的那种上海凤凰烟的特别香料的气息，就仿佛忽然间又过了一次年似的。后来我想到了那套小人书的事，还有他答应过的那两套，然而我觉得这事儿实在是小孩子才会在意的，我马上就要上中学了，要是再想什么小人书，就有点可笑了。他喝酒之后，脸通红，侧着脑袋看着我，叫我的名字，说“我还欠你两套书呢”。我不好意思地笑，是那种不自然的傻笑，含糊地应了两句，意思说我也不是小孩儿了。他们就大笑起来。

他因为要忙运煤的事，天天在外面跑，就把女朋友安顿在我们家里。她跟我和妹妹住在一起。她是个很会持家的姑娘，每天帮我妈做饭，还给我们织毛衣毛裤手套围巾。她话不多，时不时会变得很沉默，眼睛里空空荡荡的，只有在看到我跟妹妹的时候，才会忽然间绽放出温暖舒展的笑意。家里人很喜欢她。我也很喜欢她。几天过去，我觉得她有点像童话里的人物，纯净平和又善良，而萧叔则完全是世俗的象征了，看着看着，就觉得不般配（我妈也觉得不般配，可是又说，老天往往就是这么配的呢，赖汉拈花枝），却又想不明白为什么会有这种感觉，每天萧叔重新出现在我面前的时候，这种感觉又被驱散了，而他离开的时候，则又会慢慢浮现，像雾似的。她很喜欢跟我妈聊天。而我妈又是个典型的话多的女人。她什么都跟我妈说。有一天，我看见她在我妈的房间里哭，不声不响的，泪流满面，让我觉得自己的心里都在那一瞬间忽然打了成百上千个结，透不过气来。我妈的劝解，让我觉得很可恶。实际上我根本不知道她们在说些什么，什么都听不到。因为我在院子里，隔着窗户呢。

我在院子里闷头转了半天，后来她来了，手里拿着一件毛衣，是她刚织好的，让我试试。我难过地穿上它，然后看着她，忽然就问道："萧叔……是不是对你不好？"她愣了愣，随即又笑了笑："挺好的啊。""那你怎么哭了呢？"我绷着脸追问道。她有点惊讶，然后故作一本正经地说："小朋友，你要知道，女人有时候累了也会哭的，并不一定有人对她不好，或者好。""那要是他对你不好呢？"我发现自己是个挺招人烦的家伙。她并没有表现出任何不耐烦的意思，只是温柔地伸手摸了一下我的脑袋，说："你呢，小孩子就要想小孩子的事，大人的事呢，你大了以后再去想，好不好？想多了，会不长个儿的。"

他们没有房子。他父亲又离了婚，房子给了那个女人，自己去了南方。他妈妈改嫁他人，去了另外一个城市。他们租了间平房，非常简陋，冬天里是没法住的。那个煤的生意，后来他并没有做起来，不但没做起来，还欠了别人不少款子。我跟我妈去看望过他们两次。一次是借给他一些钱。另一次是他女朋友怀孕之后。我记得她的脸色没以前那么好看了，有些浮肿后的苍白。冬天到来之前，他们又回了青海，当时她的肚子已经很突出了。后来他来了信。应该说是他们来了信，因为执笔的是她，她的字很秀气小巧。他们有了房子，是楼房，有暖气。孩子在春天出生了，是个男孩。本想让老师给取个名字的，后来事情一多，就没来得及联络，只好自己胡乱取了个名儿，叫海青，就是青海反过来看。又过了些年，我妈想起他们，就向一个在西宁的学生打听他们的情况。他呢，有好几年在外面云游四海，做各种各样的生意，没人知道他具体做些什么。没发大财，也不是穷人。他老婆带着孩子在娘家住。再后来，又有消息说，他回西宁了，看上去老了不少，但说话什么的跟以前差不多，云山雾罩的，天花乱坠。只是身体不大好，胃穿孔了，切掉了一块，人也瘦了。说他老婆倒是发胖了，性格开朗，跟个乐呵呵的精粉面团似的。我实在想不出她发胖了以后到底是什么样的。后来，他儿子长到十七岁时，他把他送到部队。然后他们就离婚了。据我妈说，他是一九八〇年的九年级毕业生，应该是生于一九六三年。他的女朋友，也就是他老婆，比他小三岁。很可惜，我忘了她的名字。我妈也没记住，只说是个很好听的名字。

八大烟囱

对于我们这些野孩子来说，它们是用来发毒誓或诅咒的。一种极限的高度，被我们解读为超乎想象的暴力象征。它们都在耐火厂的东区，就是青砖厂那边。厂里一天到晚看不到几个人影。偶尔看到一个，远远的，也像个幽灵。那八个大烟囱是一模一样的，红砖砌成，东西排成一行，高约五十多米，间距也相等，四十步左右。我们意识到它们的存在时，这些高耸入云的大家伙已有多年不冒烟了。没人知道它们建于何时，是用来干什么的。它们是我们这个城边地区的标志物，无论你从哪里来，都能远远地望见它们，在那里静静地高高耸立着。长辈们喝酒的时候说，别管是谁，早晚有一天都会爬大烟囱去。我们以为指的就是它们。因为曾经有个耐火厂的领导，在“文革”期间爬上其中的一个大烟囱然后跳了下去。后来还有几个不知名的人，也从另外几个上面跳下去了。所以我们的父母向来是禁止我们靠近它们的，更不用说爬上去了。只有那些胆子够大的极少数大孩子，才敢爬上去，吹风望远。他们下来之后告诉我们，会有种要飞的感觉。为了向我们证明它们有神奇的力量，有人曾经当着我们的面，拉开一个烟囱下面的风门，让我们听那令人不安的抽风声，然后把一个塑料袋丢了进去，让我们抬头去看烟囱口的方向，没多一会儿，那个塑料袋就从烟囱口飞入了天空，随着风飘荡了很久很远。每个烟囱下面，都配有一座巨大的砖窑，有两条铁轨从里面一直伸到外面……在里面的铁轨之间，有深达两米的红砖切成的槽，里面长年积水。那些烟囱的外壁上，都有些分布没什么规律的砖孔，不知是做什么用的，但几乎都变成了麻雀的巢。那些胆大的大孩子，有时会爬上去掏小麻雀或是麻雀蛋，然后把它们装到军帽里，带着四处招摇。我是在十四岁的时候，才爬上去过一次。一直爬到烟囱口的位置，往里面看了一眼，就觉得手脚都软掉了。下来花的时间，比上去时至少多了一倍。双脚终于落地的时候，感觉像做了场梦，浑身冰凉。同来的几个男孩正在旁边撒尿，比谁尿得远。

书　记

从参加工作，到离开单位，那十三年里给我印象最深的领导，除了他，也真就没谁了。之所以说印象深刻，主要是因为他的形象前前后后从正到邪、亦正亦邪，变化之大完全出乎人们预料。若从另一个角度来看，他的言行其实跟社会倒也还是合拍的。他的那条并不辉煌却也颇多得意之处的仕途，几乎就是跟这社会的巨变同步的。从这个意义上说，直到最后安全地转到别的单位做领导之后，他仍旧可以算得上是成功人士。即使现在见到他，我可能还会顺口叫他一声魏书记的。这是一种习惯叫法，同时也能从中感觉得到，他的形象最光辉也最不真实的时段就是在书记的位置上度过的。

从他的面相上，就能看得出，他是个充满渴望的人。这种渴望的程度，在他那个年龄段里，并不多见。他生了双凤目，面庞白净、身材修长，往那里一站，那气度也真有点玉树临风的意思。在他自己看来，如果不出身贫寒，以他的勤奋跟头脑，早已是功成名就的人了。整个青年时代，他吃了不少苦，直到后来春风得意时，谈起那些事情还仍旧会唏嘘不已、感慨多多。后来他参了军，入伍十年，把自己改造成一个那种国有单位里很需要的标准文人，也就是擅长写公用文章的人，给领导写报告、写讲话、写总结计划，他的军人严谨作风，给他加了不少分。在整个系统内，没有不知道他的文名的。按圈内的习惯说法，他其实等于是领导手中的一支笔，而不是一个人。我进入这个行当，遇到的第一个前辈加半个老师，就是他。

一九九二年，在他手下实习的那三个月里，我对他是真的佩服。他是党办主任，但不是党委常委，所以他早早就憋着一股劲要干出点样来，给大家看看，当然了，主要是给领导看的。他是那种事必躬亲的人，不管定思路、改稿子，还是下基层搞调研，他都会亲自操作，整个流程安排得缜密简明、近乎完美。但显然他的上级领导并不在意这些，而他那时又搞不清楚领导在意的是什么，就一直当这个不大不小的京官，而做不成封疆大员。一年三百六十五天，除了休息和生病之外，他每天都会提前一个小时到办公室。当时他对我的要求则是：不要求你比我还要早，但要比其他人来得早，打开水、拖地板、取报纸，这些事情都要做得利利索索，不要让人提醒，这是当秘书的基本功，练的是你的耐性。那三个月，我感觉自己跟刚入少林的和尚差不多，每天做的都是类似于砍柴挑水淘米烧饭的事。此外，没见过什么世面的我，当时也是处处认真跟他学，但由于悟性不高，只学到了点皮毛。

尤其学不来的，是他的干净。一年四季，不管什么天气，他都要穿白衬衫，这是在部队的那些年里养成的习惯，每天穿下来都要马上洗干净，一件白衬衫绝对不会穿两天。他用过的杯子什么的，都是要定期消毒的。这也还简单，最难的是他每天到办公室的第一件事就是要把自己所有的用具都擦拭一遍，桌椅自不用说了，脸盆、报夹、书柜、签字的笔、门把手、电话等等都要一一仔细地擦干净。这些事一般情况下要占用他的半个小时，每当我进来向他报到的时候，总会看到他拿着酒精棉球慢慢擦拭电话的场景，看得出来，在擦的过程中，他是自得其乐的，甚至可以说其乐无穷。

他这辈子最为迷恋的，有两件事。其中之一就是文字。那种办公用的文字，包括一些政论式的小文章。实际上他也是真下过苦功的，而且在写作公文上严谨之极，每篇文章不论长短都要修改十几遍，改到不能再改为止。用他自己的话说，看文章是别人的事，改文章是自己的事，是有瘾的。他让我看他的一个文件柜，里面整齐地放着厚厚的装订好的用牛皮纸做封面的打印文稿，这是他从事这行当以来所留下的全部文稿。我是很惊讶的，而他则是除了略带得意之外，表情中还有些复杂的意味。我说这些东西要是能印成书就好了。他笑道："那是不可能的，它们，只有我们这行当的人才会需要，对于别的人来说实在是一点用处都没有。”这话当时在我听起来有点难以理解，这种无用说，与他对文字的那种迷恋，怎么看都无法平衡起来。

我的公文写作，是他一手教出来的，但不是在党办的那段时间，而是后来他到我们单位当书记的那几年里。他的要求并不复杂，简练、简练、再简练，要把那些可有可无的字句统统消灭，不作空空之谈，我不要在报告、讲话里看到你的个性，你写的东西必须要中性，只有中性才能客观。他对我最大的启发是公文写作是有法可循的，是可以建立起一套程序的，只要思路清晰、程序明了、内容充实，就不会写不好。而且更为重要的是，他无意中把我从分裂的写作状态里解放了出来。我当时觉得写公文跟写自己的作品是水火不相容的事情，顾此伤彼，顾彼又要伤此，实在无法两全，所以就时不时地觉得很痛苦。而他在公文写作上对我的苛刻训练，却让我学会了有意去克制自我意识，逐渐摆脱了那种自我迷恋式的写作状态。这个结果，是我没有想到的，所以他永远不会明白，我对他说，“您让我明白了什么是写作”，并不是客套的话。他满面红光地说：“我可不懂文学。不过，”他话锋一转，“既然是文字上的事，肯定就有相通之处，比如说，结构、布局……当然，我知道这么说也还是表面的。”

他做了行政主管之后，几乎是毫不犹豫地沉浸于另外一种狂热之中。这就不能不说到他迷恋的另一件事，那就是女人。在此之前，他的迷恋表现得很含蓄，大多数情况下不过是微笑着眯起眼睛做出欣赏的样子，同时谈笑风生故作轻松地与心仪的女人交流。此后则完全变了。他先是把几位毕业于师范的基层女人先后调到了机关工作，随后又把她们变成了自己的亲信，整个操作过程虽说也难脱开领导好色的嫌疑，但基本上还是按程序办事的，没有什么过格的事。那几个女人的共同特点是能歌善舞、熟谙人事，而且都不甘心自己这辈子只做个普通人。他是真喜欢她们，那种发自内心的欣赏。那时对他来说，空闲时最惬意的事就是在办公室里跟她们中的某一位聊天，一聊就很长时间。

他的夫人虽然跟他一道出身乡土，但仍旧可以称得上是个美女。让他受不了的，是她的直率与烈性。她经常会突然出现在他的办公室里，看看他跟谁在里面关着门聊天。他不在办公室的时候，她会拿自己配好的钥匙进行检查，把他的衣柜、抽屉、文件柜都要仔细翻检一遍。有两次她意外地翻到了照片和套子之类的东西，就对他大发雷霆，把他搞得狼狈不堪，闹得是满城风雨。不过这事对于他来说其实并不算什么大事，他反而越发坦然自如起来。“女人天性如此，”在与朋友喝酒的时候他如是说道，“就是两个字，好妒，有事没事的，她都要生出些事来，不然没法消磨时日的。”这种观念支持着他在任何情况下面对那些女人都会镇定自若。后来就算是那几个女人因为争风吃醋而相互的蜚短流长攻击来去，他也没有任何受不了的意思，反倒是当起了旁观者，看她们争来吵去的，觉得也是一种乐趣。似乎也正是在这样的环境里，他终于参悟透了为官的道理。悟到什么程度，谁也说不清楚，但有一点是明白的，那就是在单位解体之后，他不但没有因为经营不善和账目不清而一头摔到悬崖下面，反而安全地到了另外一个单位当上了副书记兼纪委书记，过的是更为舒服自在的生活，令很多以为他必倒无疑的人大跌眼镜。

最后一次见到他，是在单位解体的散伙晚宴上。那天多数的人都是神情黯淡的样子，唯有他自己是神采依旧。他即席做了精彩发言，在我看来那是他职业生涯中最为出彩的演讲之一。然而没有人想听他说些什么。那天晚上他出人意料地放开了酒量，让很多自以为有量的酒席高手在没有准备的情况下败下阵来。临近午夜时，他走过来，站在我的面前，说我们喝了这杯吧，这也是最后一杯，喝完就散了。我说没问题。他喝了酒，面带微笑地看了看四周，然后又看了看我，说："你还记得我以前跟你说的话么？""我不知道是哪一句。"他说："就是当机关干部的两条要素。""我当然知道了，不是能办文，就是能办事，否则的话无法在机关立足。"他说没错，但是，他收起了笑意。"我想告诉你的是更深一层的道理，对你以后会有好处的，那就是，关键还是办事。事情办明白了，怎么样都有理。事情办不明白了，怎么样都没道理。你还年轻，回头慢慢琢磨琢磨吧。话说回来，其实我明白得也有些晚了。”说到这里，他长叹了一声，“很多事也就那么一回事，但搞文字的人往往都是最后才明白的。”

廖　素

胸怀浪漫的人在现实主义的环境里会轻易就成为异类。而做异类是有代价的，它无法被量化，很多时候，它不但不会体现出什么触目惊心的东西，反而还会让人不由自主地陷入莫可名状的寂静里。这并非缘自自我的保护与封闭，而是由他人制造的，它能让一个人在群体里永远体现不出应有的价值。尽管你意志坚强，胸怀宽阔，懂得自我调侃，就像可以幽默而轻蔑地谈及那些猥琐之辈一样，然而很多时候，你不得不做出妥协，在大家通用的游戏规则里找到某个靠边的位置，不再有个性张扬与反动，可是你仍旧不能真正地被环境所接纳，同时又无法避免环境本身对你的腐蚀，不是心灵的，就是肉体的。从日常生活的惯性氛围中的群体角度来看，任何浪漫的个体都是不合时宜的存在。在成人的世界里，天真常常就是一种罪过。如果说在这个世界里贪婪与残忍都是可以被理解的，那么天真则永远是不容易被他人所理解的，它不是被漠视，就是被嘲弄。

我始终认为你是一个浪漫而天真的人。一九九二年的春天，你兴冲冲地打电话到班组休息室找我，可我不在，你让我师傅转告我一声，次日下午去厂报编辑部找你。我去了，可是没能见到你。不知是由于太阳离地面太近了，还是因为内心兴奋而又忐忑不安，我一直有种睁不开眼睛、不知所措的感觉，我给你投过一篇改过二十几遍的稿子，我已经没有力量再去修改它了，把它投入信箱的那一瞬间，我觉得自己也坠入了某个并不危险却又陌生难测的深渊里，不能逃脱也不能落底。在你的办公桌上，我看到了那期报纸的校样，也是第一次看到自己的文字变成了印刷的字，最让我觉得不可思议的，还不是这个，而是我的文章旁边有一篇你专门为我的文章写的评论，比我的文章还要长一些。坐在编辑部的沙发里，看着阳光透过窗子倾斜在地板上留下一块有些变形的方形光斑，我的头脑里只有异常明亮的空白和异常脆弱敏感的空白，而视线所到之处又都是那么的美妙而宁静，包括墨水的气息、散乱在地上的报纸，还有那几盆矫揉造作的盆景和植物。

有些场景想不清楚了，比如，我们的第一面是在编辑部里，还是在通讯员培训班上？我只是清楚地记住了那期通讯员培训班原本并没有我的名额，是你临时找领导争取的。这在当时的年轻人眼中，是一种类似于荣誉的东西，因为入选者不仅可以暂时离开工作岗位，坐在教室里听厂报的编辑们讲写作常识，还能被带到海边的度假村里吃海鲜、联欢、看日出、在沙滩上漫步。过度的兴奋让一个不谙世事的年轻人做出了可笑的举动，我在你讲课的时候，写了一张纸条，意思是说，如果我将来成为作家，一定不会忘了你。下课时我把它递给了你，然后掉头就走开了。我们二十几个年轻人一道去了兴城。你却因为家里临时有事，没有去成。对于那张纸条，你没有任何反应。此后将近有十年的时间，你从没有提到过那张纸条的事。在海边，人们几次提到你的那篇评论文章，还有我的那篇散文，只言片语都足以令我兴奋不已，实际上我并没有意识到，在他们的眼里，是一个怪人发现了另一个怪人。我拘谨，腼腆，不善言辞，手里握了本袁宏道的尺牍选集，跟在大家的后面，有种略显尴尬的沉默。有张照片可以清楚地反映出我当时的心境，看日出的时候，我侧着身体，把衣领竖了起来，初春的海风还很冷，我尽可能地缩着脖子，表情疲惫，皱着眉头，眯缝着有些茫然的眼睛，而左侧眼镜片的后面，则是一点朱红的朝阳，自然弯曲的头发被潮湿的海风吹得越发黏软了，有几绺搭在了额头上。

在回去的火车上，我又做了件令人惊讶而又显得夸张的事，就是蹲在地上，把座位当成桌子，一口气写完了我的第二篇散文作品《海·日出》。在文章的最后，我情绪激动得难以自抑地把日出称为黑暗的海奉献给我们这些过客的伟大诗篇，其实那个时候我根本不知道什么是诗。在我写的过程中，不时有人伸出头来看看我。几乎所有的人都觉得我这个举动实在有些夸张。但是我当时确实多少体会到了一些写作的畅快。这个新闻很快就传到了你那里。在你的办公室里，你忍不住哈哈大笑，说你完全能想象得出当时的场景，我的样子，以及大家的反应。你笑的时候，眼睛会自然眯起来，牙齿整齐而漂亮，声音略带些鼻音，很富有弹性，有点像合唱团的领唱。我后知后觉地意识到当时在火车上他们一定觉得我非常可笑。你说："不要管他们，笑就笑吧，你还是你就行了。"而你呢，我逐渐知道了，你一向喜欢偶尔做些让他们意想不到的或者不明白的事。他们不明白你为什么从来不化妆。也不明白为什么你到了三十岁还不结婚。为什么你从来都不跟女同事们讲自己的生活琐事。不明白为什么你那么讨厌那些喋喋不休的小女人。也不明白你为什么在下班人潮涌动的时候偏偏要穿一身白绸旗袍招摇出厂。你当时的领导为了这些事，没少找你谈心，劝你不要再挑剔了，差不多就结婚吧；要多跟同事，尤其是女同事交流，不要独来独往；在上班下班的时候尽量不要穿奇装异服什么的。你平静地反问领导说："首先，旗袍是国服，为什么不可以在上下班时穿呢？其次，我有男朋友，我只是不想展览他，也不想早早就结婚；而那些喋喋不休的小女人，实际上永远都是什么都说不明白的。"领导很失望地看了看你，提醒你不要过于骄傲、目中无人了。你微笑着摇摇头："不会的。"

管你叫廖素，并不是我的主意，而是W的，那个喜欢张爱玲的女孩，我们曾经一起去过你家里。她的文章比我的好。她很有天赋，而我没有，我只有勤奋。她之所以叫你廖素，是因为你素面朝天，从来不施粉黛。也是因为你心地善良、坦诚待人。W去美国之后，还在E-mail里问你的情况，那时我已经到了上海。她跟那个捷克裔美国工程师生了两个女儿，经常跟着他到世界各地去，偶尔会写些随笔，但并不多，更多的时间都花在了看书和教育女儿上。在那张她跟两个女儿的合影里，她看上去健康而饱满，与在抚顺时完全不一样，而她的文字也变得平和冲淡了。她让我转告你，你最后跟她说的那些话，对于她来说，非常重要，谢谢你，她爱你。我把这些话转达给你的时候，你的眼圈有些发红，声音也有些发涩和颤动，你不得不放慢说话的速度，你们曾经发生过争吵，很长时间不再说话，令你异常痛苦，后来，她重新来到了你的面前，却是告诉你她要离开的消息。这一次，她爱了一个喜欢沉默的捷克男人。她跟你一样，在厂里制造了一次新闻。你看，你所关心的，都是跟你差不多的在言行上让别人觉得难以理解的怪人。

无论是天真还是善良，其实都不算什么问题，你最致命的弱点，是你容易怜悯。你甚至会怜悯你的敌人。在你的敌人受到不公正遭遇的时候，你会毫不犹豫地站出来，客观地表达出你的看法，为其辩护。在别人眼里，包括被你怜悯的人眼里，这种行为无疑是可笑的甚至是不可理喻的。因为他们从不会怜悯任何人。他们只喜欢嘲笑别人，他们也喜欢憎恨和诅咒。在不懂怜悯为何物的环境里，其实你注定要一直孤立下去，还要背上名为“愚蠢无脑”的光圈。因为你会本能地怜悯，他们觉得你是那种怎么对你都可以的人，既可以随时谈笑风生，也可以随时把你弃于污水沟。那个经常拼酒的女人不就是这么对你的么？可是在她醉倒撒泼的时候，你还是会忍不住去帮她一下，因为在她的空虚浮躁情绪里，你又自然而然地开启了怜悯。

这几年来，你与世无争，过着相夫教子的平静生活。你缓慢地写作。与以前那种强壮的身体状态相比，你现在的身体真可谓麻烦不断。腰间盘突出令你吃尽了苦头。还有些别的问题。你差不多都已经习惯了。我们见面的时候越来越少了，每次回来，见到你，最后总是忍不住要问你，是不是还在写？听到你说还在，心里就觉得很欣慰。我还记得你的一篇散文的开头部分，写的是你的想象与梦境的结合，渐行渐远的一个人，凌波而去，从长白山的余脉，进入到远古森林的深处……那时候，在我看来这只是你的一时想象而已，并非你的本性所向，你是个满怀热情的人，一个理想主义者，你永远都不大可能转身就离去，做一个不问世事的人。即便是你对身处的环境无比厌倦的时候，你也是带着不服输的心理混合了厌倦的情绪努力支撑着。你永远都学不会与人争夺什么，更是学不会与别人斗法玩头脑，搞微妙的人际关系，你真正学会了的，只有沉默。

这次国庆节回来，给你打了几次电话，都是关机状态。后来跟朋友打听，才知道你已离开了宣传部，被调到了远离总厂的西区，做驻站宣传员。我所能想象得到的，是在那个陌生的地方，你躲进某间偏僻安静的办公室里，每天准时上班和下班，除了写稿子以外，就是看看书，或者不声不响地出神，透过玻璃窗，看着不远处林立的炼油装置和储油罐。大多数时间里，你都是那种非常难得的独处状态。这一次，是你自己申请去那边的么？要是遇到了你，我会问你这个问题的。我倒希望是。实际上，我希望是由你自己来完成这次转身而去的。在那个环境里浸泡多年，你也该到彻底想通的时候了。

水塔

城郊是从最后一排褐色的楼房开始的。这个区域会一直延伸到西边新抚钢厂，再往西就是乡下的土地，普遍种玉米，玉米的叶子上时常落满了钢厂里飘出的红色粉尘。而在市区与郊区结合部的那片空地里，除了中央有座二十多米高的水塔之外，什么都没有……没有树，没有草，只有那么一大片空地。那里以前是个很大的煤场，后来煤运光了，连被煤染黑的地面都被剥去了一层皮。每次经过那里，远远地看着那座水塔，都会觉得它像个超巨型手榴弹。它是用来给附近的那些楼房供水的，因为有时候水压会低，只有通过它才能解决。后来自来水厂把这个问题解决了，它也就废弃了。我们平时不大敢去那里玩儿。大人们说那里是流氓们出没的地方，听起来好像特别危险。但我们还是偷偷去过几次，结果什么都没发现，除了一些僵硬的大便、撕碎的报纸，以及一些带血的淡粉色手纸。就算我们再有想象力，通过这些东西，也想不出什么与流氓有关的场景。直到有一天，听说三十中的“大狼”在那里把曹锋（我的同班同学）的姐姐搞了，我们的想象力才开始膨胀起来。当然这是个让人既有些痛苦又莫名兴奋的想象过程。曹锋的姐姐当时上五年级，我们是三年级。她长得好看，圆脸，眼睛也大，留的是那种齐耳短发，我们叫它荷叶头……她平时穿什么衣服都特别干净，尤其是穿连衣裙时就更显漂亮了。她会拉小提琴，还在我们学校国庆汇报演出时登台表演过，唱歌也很好听，是美声的。当我们那位平时总是流鼻涕的同学“斜眼儿”绘声绘色地描述“大狼”搞她的场景时，他的下流话把我们完全惊呆了。随后就看到曹锋举着一把木刀，从人群里冲出来，拼命地砍“斜眼儿”，他下意识地伸手挡着，曹锋一边砍一边咒骂，用的都是最恶毒的脏话，最后满脸都是泪水。我们都有点自责的感觉，因为我们竟然听得那么入神。“斜眼儿”的右臂骨折了。从那以后，我们都再也不去水塔了。

高　昆

他的右手，食指跟中指都是僵直的。它们不能像其他手指那样灵活运动，甚至不能做简单的弯曲。它们就那么僵硬地伸直在那里，要是抬起手，它们就会指着什么地方，这里或那里，垂下去的话，就不声不响地指着地。如果从一生来看，它们就相当于一个特殊的转折点。当然你也可以把它们看作他这个人的缩影，既是对其个性的概括，也是对未来的某种预示。它们坚定地占据着自己的位置，固执而无用，等于什么都没有占据。然而任何时候他出现在你面前，你都难以无视它们的存在，即使他的整只手都在发抖，它们看上去也仍旧保持着那种倔强而又旁若无人的状态。

在我还读中学的时候，我曾问过他的老师，也就是我母亲，高昆的手怎么会那样？每次得到的答案都有些含糊其词，好像不大想让我知道什么似的。后来我只好直接去问高昆了。

他眯着眼睛看了我一眼，低头用拇指跟无名指熟练地捻碎旱烟叶，均匀地把它们撒在左手拈着的弯成弧形的卷烟纸上，然后转动它，卷成一枝头大尾小的旱烟，掐去纸尖，叼在嘴里点燃，烟头冒出一小团火焰，随后又变成了一股浓浓的白烟。他的回答简单明了，在机修厂里上班时被机器挤了一下，就成了这样。对这个答案，我很怀疑，但又不知道问题出在哪里。过了两年，我忍不住又去问他。他想都没想就给了我另一个答案：摔的，翻墙的时候，右手撑到了地，弄伤了这两根指头。说完还冲我挤了挤眼睛。我明白了，要是过些时间我再去问他，答案估计会变，说不定会是打仗时被击伤的，也可能说是冬天里伸到外面冻坏的……他也知道我不信，就有些勉强地笑了笑说："看来你比我还关心它们啊。"后来我大了，终于知道了它们之为它们的原因。那时他也老了，思维迟钝，说话有些结结巴巴了。

母亲的那些学生里，他给我留下的印象最早，也最为深刻。他从上中学开始就经常没事到我们家里来玩。我六岁那年的除夕，一家人正在包饺子，他跟一个同学带着满身寒气进来，说了几句话就走了。过了没多久，很多人在我们家院子外面敲门，大声叫嚷着。我们紧张地跟着父母出去，开了门，只见外面密密压压地站了几十个精壮小伙子，手里都拿着木棍铁锹之类的东西，还有一些手电筒，向我们晃来照去。母亲什么学生都教过，什么顽劣的弟子都修理过，上百个学生斗殴的场面也见识过，所以就显得镇定自若。她心平气和地问他们：“你们是哪儿的，干什么，来抄家么？”那些人里，有几个很快就认出了她。“这不是韩老师么？您家在这儿啊！我们的灯笼被人偷了，跑到这边来了，那我们就不打搅您了，就当先给您拜个年吧。”手电筒的光从我们这里移开了。母亲也看出了说话的是什么人。“哦，是你们啊。”随后，一群人乱糟糟地呼哨而去了。临走他们还不忘大声向别的地方丢下狠话：“小子哎，听清楚了，别让我们抓着你们，抓着了，打断你们的腿，当灯笼挂树上……”

后来高昆跟那个同学又溜了回来。我母亲道：“是你们两个小子干的好事吧？”高昆得意地撇了撇嘴，歪了歪头。北河后街的那帮人，一向是以好勇斗狠闻名的。他讲起刚才的惊险场面，他们跑到北树林那边去撒尿，那群追出来的家伙也到了那里，没等他们把裤子提起来，就给人堵住了。“他们问我们从哪儿过来的？我们说从东城。‘有没有看到两个拿着灯笼的家伙？’我说我们刚过来时，碰见两个人提了两个大灯笼从炭素厂旁边钻到胡同里去了。那帮人就放我们走了。”想着他们在树林里连裤子都没来得及提上的场景，我既觉得惊险，又觉得好笑，就特别愿意挨着他。放完鞭炮，吃饺子的时候，高昆低声告诉我，那帮人里有个人曾经跟他打过架的，还挨过他一棒子，“竟然没认出我来，嘿嘿”。其实啊，母亲后来跟我们说，这个高昆，虽然看上去眼光凶，其实是个很稳的人，心里没谱的事是不会做的。

那时他还没留起小胡子，脸部线条很清楚，有股锋利的感觉。平时话不多，喜欢戴个半新不旧但洗得干净的军帽。无论是在学校里，还是在他常出没的几条街上，不少人都隐约有些怕他，怕他的眼睛，那双单眼皮下面透露出的光线有时会忽然变得很冷，远远的。那年代的年轻人整天无所事事，打架斗殴是常有的。在三十中学的那些年，高昆其实没打过几次架，但每次打得都很出彩，因为对手都是把打架当成家常便饭且名声在外的家伙。他从不打群架，每次都是单挑。他学过武术，很会打架，出手是又准又狠。被他打败的那些人，没有恨他的，都很服气。有一回，跟他单挑过的两个小子被一大群邻街的小子追打，经过他家门口，眼见着就跑不掉了，正在门口的高昆拦住了那些人。“差不多就行了。”他抽着烟，拎了一块砖头，站在路中央，面无表情、口气平和地对他们说道。那些人有点意外。“你谁啊？”“我高昆。”那些人没听过这个名字。他把烟掐了，很随便地蹲在地上，一边用那块砖头慢慢地敲地面的冰，一边半抬着头，斜着眼睛看那些人。那些人给他的这种作派镇住了。其中一个领头的，打量了他一会儿，说：“我今天就给你个面子，高昆是吧，记住你了，有空到南马路这边玩，找我，我叫李春。”

这个李春，就是后来一把铁锹砍翻了六七个人、警察围追了一整天才抓住的那个，后来被判了十年。他弟弟叫李秋，是个瘸子，脚筋被人挑断过，整天拄着根拐杖，可仍旧是个出了名的狠角。高昆跟他们兄弟喝过两次酒，聊得也可以，但始终没混到一起去。李春对他说过一句很精辟的话："高昆，你呢，跟谁也混不到一块儿去。"他不知道，高昆不混在那种人里是有原因的，一是因为他老爸，老爷子是当兵的出身，脾气暴烈，他对我母亲保证过："老师你放心，高昆敢迈错哪条腿，我就打断他哪条腿。"二是因为我母亲，她对高昆说过："你小子要是混到那种人里，就别说是我学生。"三是因为一个女生，跟高昆是同班同学，名叫陈什么敏，长得很清秀，我母亲说她有点像林黛玉，平时不喜欢说话，是个冷美人。高昆一直很迷恋她。她也挺喜欢高昆的。他们不声不响地恋到九年级毕业的时候，高昆把她带回了家，让父母看。他母亲觉得这姑娘面相不好，是苦相，会克夫败家，颧骨高，眼光冷清，说什么也不同意。他父亲没表态。陈姑娘什么都没说，就跟高昆分手了。她知道高昆是个孝子，不想因为自己让他背个不孝的名。后来，她跟了一个比他们高几届的男人，再后来呢，她没结婚就怀孕流了产，还住了院，而那个男人却不管她了。当时不少人都拿她当做笑谈，可高昆不管这些，径直去医院里照顾她。

这事被人们一传，就变了味道，高昆成了事主。而那个丢下陈姑娘的男人，倒成了受害者。生活作风的事，当时对任何正派人家来说都是门面的事。高昆的父母觉得颜面扫地。他父亲拿着棒子就去医院清理门户。见到高昆别的没说，一棒子劈头盖脸就打了下去。高昆下意识地抬手一挡，棒子打在他张开的手上，打折了那两根手指。高昆什么都没说，就是那么默默地看着父亲的眼睛，垂着受伤的手。他父亲极力要挣脱劝架人的一堆手，可是挣不脱，只能怒目而视，骂他是畜牲。据说他们父子两个就这么对视僵持了十多分钟。陈姑娘把被子蒙在头上，不声不响地哭了。……后来，到了冬天里，数九寒天的时候，高昆结婚了。对方是他父亲老战友的女儿，一个身材高大、性情开朗的姑娘。而那个陈姑娘，则一个人离开了这个城市，嫁给了一个部队连级干部，做了随军家属。她在我的印象里比较模糊，只是隐隐约约的一个形象，皮肤白净，眼睛安静而明亮，没有声音。

高昆的理想，是做个车工。中学毕业后，他顶了他父亲的班，进了机修厂。右手坏了，他就练左手，把它练得跟右手一样灵活。我父亲那时也是车工。他看过高昆干活，是这样评价的："悟性好，胆大心细，手法利落。"手艺固然是好的，但在为人上，他跟他的那两根手指头一样不灵活，尤其不懂怎么跟领导相处，再加上平时惯于独来独往，不苟言笑，把自己弄成了边缘人。而且他的脾气变得大不如前，发作起来比他父亲还火爆。若是惹火了他，就算是领导，他也照骂不误。也正因如此吧，后来企业改制，他是车间里第一个被通知买断回家的。买断之后，他的脾气更差了。整天哪儿都不去，就闷在家里。他的妻子倒是个乐天派，虽说没什么文化，却是对什么事都看得开的人，任凭高昆那张冷脸如何阴晴圆缺，她都不往心里去。用她的话说是，你不理他，他过了那个劲头，也就那么样了。不过，后来高昆开始酗酒的时候，她撑不住了，就来找我母亲，让她出面说说高昆。

我母亲很了解高昆，见到他以后，也没劝他，只是聊起以前在学校时的事。聊着聊着，自然就聊到了那些往日的同学现在怎么样了。随后就聊到了那位陈姑娘。前些时，母亲在沈阳遇到了她，现在过得挺好的，跟她男人转业到了地方，找了份图书管理员的工作，人也白白胖胖的，生了个男孩，都九岁了。“她还问起了你，问你过得怎么样。我说你也过得不错，就是脾气不怎么好。她说你是个孝子，是个讲义气的人，可就是不懂得心疼自己，还说要是赶上好环境，你应该能有点出息的，因为你很聪明……”话没说完，高昆的眼圈已经慢慢地红了，什么也没说，起身就走了。从此以后，他似乎不再像以前那么固执了，脾气也好了些，平时除了安心做自己的事，就是跟妻子、女儿安安稳稳地过日子。但在喝酒这件事上，始终都没有改。他原本就是个酒量大的人，每天晚上要是不喝上半斤白酒，连饭都吃不下去。酒精的副作用是非常明显的，他的那只灵活的左手，就是喝酒废掉的。他得了手抖的毛病，发作起来，有时候拿着钥匙连门锁都插不进去。这样一来，想再继续做车工也做不成了。

转眼很多年过去了，我几乎把高昆这个人忘了。所以前年春节回家，初三那天见到他的时候，就感觉有些意外。他一个人拎着两瓶酒和一些熟食到我们家来拜年，顺便跟我父亲喝酒。他的变化之大，完全出乎我的意料。整个人老了很多，头发留得长长的，干枯而凌乱，而且在脑袋后面扎了个小辫子，胡子有点像老山羊的，脸庞瘦削露骨，眼睛看上去也暗淡无光，眼角还有很多细长的皱纹。他笑嘻嘻地看着我说："你胖了。"我说你可是瘦多了。"我老了。"他的右手还是那样，中指跟食指伸得直直的，微微有些不自然的颤抖，指着地面；左手端着酒杯，也在轻轻地抖着。我有点没想到的是，他已经四十八岁了。如今，他在自家附近的街角开了个配钥匙的小店，生意不温不火的，但也足以维持生计。母亲担心我多问什么不该问的话，就示意我不要再说了。他呢，也不再说什么，默默地喝完了酒，然后就走了，神情有些沮丧。但在临出门的时候，还是冲我努力笑了笑："你真的是长大了，我都认不出你了。"我也笑道："我都三十多岁了啊。"

他走之后，母亲跟我慢慢说起他的一些事。他的妻子一直在跟人合伙做煤炭生意，去年认识了一个做服装生意的男人，一来二去的，不知怎么的就好上了，一起去了趟广州之后，回来就跟高昆提出离婚。高昆呢，也没说什么，离就离吧。他也确实没喜欢过她。他现在是自己带着女儿过呢。他女儿正读高二，学习成绩不好，性格也是古怪不驯，整天跟一帮不着调的孩子混在一起。他也懒得去管她，觉得这孩子基本上没什么希望了，从性格到容貌，一点都不像他，也不像她母亲。不过他自己也知道，“这不是愁的事，人各有命吧。谁都管不了谁的”。他父亲后来中了风，在家里瘫了一年多，又在医院捱了半年，去年冬天死的，死前一直都是高昆在照顾他。

北树林

在马路北面，从炭素厂门前，一直往东，到青砖厂的东墙边，生长了几百株大叶杨树。它们共有四行，当时有二十多年的树龄了，平均高度在十七八米左右。夏天那里总是泥泞的，因为树冠过于繁密了，阳光无法照射进来，下过雨，树林里的积水挥发得很慢。最好的时候，还是秋天里，十月初的时候，太阳暖洋洋的，天也蓝透了，风吹叶落，黄绿间杂的杨树叶子就那么纷纷地落着……风大起来，就会像下雨似的。我们好像没有人不喜欢北树林。就连偶尔流窜过来的抢劫犯，也爱在那里埋伏。我们喜欢没事儿在那里闲逛，或是抠出树皮上的虫蛹，或是把毛毛虫挑在细木棍上，玩够了再弄死，偶尔也会在靠近大墙的隐蔽处大小便……晚上，路灯的光打不到树林深处，年轻男女在那里约会，他们有时躲在树干后面紧紧抱在一起，有时也会直接躺在地上，很久才起来。半夜里，他们出现在路灯下，眼神迷茫而又发出奇怪的光泽，然后迅速地消失了，有的人嘴唇是肿的，有的人身上或者脚上还带着臭味。后来，一九八九年市里要扩路，这些大杨树就都被砍掉了，露出多年来被重叠遮掩的光秃秃的工厂，其实它们早已破旧到无以复加的地步了。

若　对

想起来，你穿着裤脚肥阔的大红裤子，从那些待客的出租车后面跑过来，在那个冬天里的上午，来到这灰色冰冷的广场中央，摆动的裤脚遮住了厚底鞋的边缘，几乎就要被地面的灰尘沾染了……模糊不清的阳光在云层后面难以透露出来，有些蒸汽似的雾从对面大厦后方一阵阵浮上空中，静止片刻，然后很快地散了去。你跑过来时的动作是那么的奇怪而又可爱，你的步伐并不快，只是有些夸张，每一步都不像在跑，而是在降落，小腿朝两侧摆动，有些笨拙地带动了红裤腿，像尾翼似的减缓了降落的速度，从远处，也是从半空中，你忽然地就降落到他的眼前，用冷水洗过不久的脸被冷风吹得发红，而头发匆匆梳理过，还是湿的，在脑后扎了两根不长的马尾辫，暗红泛金的发丝有着波浪式的弯曲，看上去乱糟糟的……你停在那里，控制着急促的呼吸，侧着头，抿着饱满的嘴唇，略微眯缝了一下眼睛，看着他。无需凝固，那些气息就此再也不会散去了，始终在那里停留着，如同空气，你也知道的。想想看，这样描述是不是多少有了些传奇的效果呢？这个过程所构成的瞬间里，还可以继续分解下去，更为细致地分解成无数的细节，在他的记忆里，还有想象里，尽管是转瞬即逝的，最终仍旧是凝固的结晶体。

你朋友的父亲，那个据说精通易学的人，怎么会想到这个名字呢？无论是出于什么样的考虑，这个名字都是自然而单纯，似乎与现实全无瓜葛，更近似某种泄漏天机的方式。它看上去就像个梦，或者是与之相关的水晶球，天然的钥匙，无意间带给了他，可以打开隐秘之门。出乎你的意料，他从这个名字里读出了你本来的名字，那个在古代意味着智慧的、看上去姿态孤单而寂寞的字，支撑着它的是眼睛。他把你当成了那种能预卜未来的人。而你呢，有他想的那么神秘而复杂么？无论如何，他都显得太过遥远了，就像野海上空偶然出现的一只不知来自何处的信天翁，本应跟随着某支远行船队的，可是不知道为什么却自个儿待在那里，像个关于风暴的信号。那时你还没有把服装店开在那所学校的后街上，还没想到“狂奔的蜗牛”，你跟丁子去某个北方滨海小城里度假了，天阴着，不宜出行，只能待在房间里对着电脑屏幕发呆，你告诉他，你们住的地方靠近一个很大的工厂，灰尘漫天，不远处是墨绿的海水，时不时地把脏东西和灰突突的沫子推到海滩上，不可能游泳的，没有金黄的沙滩，只有棱角尖锐的青黑石头漫布在那里。漫长的海岸线上几乎看不到人影。海面是寂静而荒凉的，你称之为野海。

当时他就在不远处的另一城市里，也在海边，是个港口，离你只有不到两小时的车程。晚上，体型庞大的重型货车像怪物似的不断从泥泞的道路上涌到港口外面，一些强光从高处打到港口里，货场以及附近的海水被照耀得如同发着奇异光芒的来自另一世界的出土文物。他站在巨型油轮的前甲板上，俯身看着下面的海水在白光下动荡，要是在白天，光线充足的时候，就能看到水里有很多细小的鱼，它们似乎就是以轮船上丢下的食物为生，随便有什么小东西坠入水中，它们就会聚集在其周围，不停地啄食。就这样，湿漉漉的海风不断吹拂过来，透入外套和衬衣里，冰凉得有些发涩的肌肤不由自主地绷紧了，泛起一层细小的疙瘩。他只是来这里透口气的，同事们在酒店里继续喝酒，吃各种生猛海鲜，酒力不胜的他早早就躲了出来，随即就发现眼下的这个城市在进入夜晚之后几乎就像座空城，街旁的店铺不到八点钟已通通关了门，马路上不但看不到行人，连车辆都很稀少。穿过那个大得惊人的广场，他觉得自己走进了坚硬的水泥沙漠，那么大的广场上只有不多的几盏地灯是亮着的，那时他想到了你，几经周折……

那时他还没有像后来那样，渴望用那种充满灵感的方式以舌尖的细小动作来分解一个名字，他只是近乎本能地感觉到了那种绝望而又安静的感觉。在他想来，绝望是件多么容易的事啊。就像里面发霉的浆果随着牙齿的轻微压力不经意就在嘴里爆裂了，那种令人沮丧的气息就开始向空间里弥漫。它们是乏味无聊的工作，家庭的矛盾纠缠，难以理喻的人们，污浊的空气，汽车带起的灰尘、排出的尾气，是路边大排档烧烤羊肉串发出的浓郁火爆的焦香肉味儿，有时也会是丢在床下时间过久的半瓶没了二氧化碳的汽水……你是希望么？你是谁呢，来自哪里，做什么的……他什么都没敢多问，就像美梦中人，生怕自己多问一句这梦就会醒了。那个虚拟世界里的虚拟名字似乎具备了所有神秘的力量。他是后来才想到用舌尖来细细品味这个名字的，若……对，不管他如何放慢舌尖下落的速度，那名字听起来怎么都像是一声轻轻的叹喟。那时他身边还没有人听他说到这个名字。他不知道该怎样去表达它，以及它后面的你。没有形象。整个名字与声音，都被他转化成了一个幻念般的发光物体，留在雾气蒙蒙的窗玻璃上面，留在闪烁的背景里……巨大的一轮明月在道路的尽头静止着，银色的清冷液体漫过道路两旁大树的枝叶上面，你们还在路上，长途汽车就像一只八眼怪兽闷声叫着奔跑在黑夜里，高速公路两侧沉寂的农田被焚烧残禾的浓烟所笼罩。你们不声不响地透过窗玻璃，看着外面黑暗的原野怎样被月光浸染得明亮起来，在这个场景的时候，镜头在流动中慢慢凝固了，变成了一个定格，就好像丹麦童话故事里的木刻插图，留在了故纸叠页里。

你的信息太有限了，就像现在一样，最基本的线索都不能构成。他的时间慢慢地发生了混乱，不管在哪里，他的脑子里时不时地会忽然浮现猫叫声，还有那些你惯用的词句。他不知道你在哪里，他手里什么都没有。他并不知道你那时没什么事可做。除了你，还有你的那些“老婆们”。你有好几个老婆，据说都是前世七百多年前在元朝时结的缘，那时候你可不是一个安静而神秘的姑娘，而是无人不知无人不晓、倍受皇恩的中原巨富，娶了很多女人，而他呢，则只是个终南山的道士，这些听起来荒诞不经的故事他从一开始就是坚信不疑的，当然这也是后话了。他相信机缘，相信天意的暗示，在那个漫长的冬天里，一本蓝色封面的薄书跟一副普通的手套所带来的温暖似乎抵御了全部的寒冷。它们暗示了什么呢？那本书丢在了出租车里，他告诉了你，第二天你就去省城的图书城里将它买来寄给了他。他不知道是你先去的书城，那书还剩两本。他拿的其实是最后一本。晚上，他遇到了那辆出租车，司机认出了他，把那本被水浸过的书还给了他。这样他就有了三本同样的书。这意味着什么呢？失而复得，还是三重可能变化的线索与方向？那是一本法国人写的小说，那天中午他离开寂静的办公室，去门卫那里拿到你邮来的这本书，还有一副毛线织的手套，回头想想真的有点像书中的某个场景，是在去北冰洋的船上，借书的那些事情……

他把你的某种天赋无限放大了。有时恍惚间觉得你是个精灵，走到哪里，随手点化，那些普通的东西就会焕发珍宝的光芒。在他的脑海里弥漫着光怪陆离的色彩之雾和波浪的时候，自然天气也忽然与他合上了拍，那天下午他从银行里出来，无精打采地骑着自行车，穿过狭窄的街道，这时候他并不知道此后会发生百年不遇的沙尘暴，沙尘与云层混杂在一起的厚度会达到十三公里，在下午三点多钟，天就黑得跟入夜一样，外面散落的是稀疏的雨点，每个雨点里都含有很多尘埃微粒，而在雨点的空隙里不断坠落的仍旧是沙尘颗粒，这些，怎么可能想象得到呢？他所能想象到的，是那种世界末日般的感觉，是前所未有的虚无——从此以后，什么都不会有了。他把这初次见面当成了最后一面。要是当时有摄影师透过出租车窗拍下他的面孔，就会发现他当时的表情过于肃穆了，似乎他感受到的是这样的事实：地狱跟天堂就像云层里的阴阳电荷似的在尘世里会合了。就是这些夸张的戏剧情绪引导着他，那种怪异的表情足以让你远远地就认出他来。要不是你主动走过去，他会像个被雨水淋透的木头人，待在那里不知所措。你还能记起那一刻他的表情么？其中包含了太多的信息。后来，在灯光温暖而辉煌的肯德基里，你拿出十几张班德瑞的音乐 CD 给他，然后是没头没脑的对话。后来你们分别坐上出租车，一前一后地离开了，在一个十字路口等红灯的时候，你们的车意外地并排停了下来，他看到了你的背影，而你却在看不远处雨中的那座陈旧简陋的火车站，它是白色的。

那个问题奇怪而简单：是？他想都没想就回答了：不是。通过了。他拿到的是信箱密码，几封以前的信，你家的街道名称，还有一个电话号码。就是从这个固定电话里，后来他听到早晨窗外市场里传来的喧闹声音，还有你母亲的问话声，有些粗糙的声音，有时候也会是你的继父，听起来他们都老了。某个下午，他在办事途中转到了那条街上，天色暗淡，他漫无目的地来回走着，七层的楼房有很多，他仰着头观察那些窗户，想知道从哪个窗户伸出头来才能看到下面的公共汽车站，还有那个便利商店，但是一无所获。他不知道的是只要再往前走上十几步，向左转，再左转，那幢楼就是你家所在之处了。如果从这里出去到市中心，并不需要走他来的那条街，而是要走前面的那座大桥，过了桥一直往前，再走二十分钟就是了。他什么都不知道。那条街，就是一个世界。他每次去那里，都要进街边的小商店里买包香烟，每次买的都是不同牌子的，然后抽着烟，坐上公共汽车离开这里，穿过整个城市，回到自己的世界里。那些不同牌子的香烟就堆在他电脑桌的边上，很长时间都没有抽完。

河堤路上靠近河岸那侧护墙上的球状装饰灯被人敲碎了很多只，里面的灯泡被拿掉了，剩下的那些只有很远处看起来才是明亮的一串灯，随着时间推移，你们经过那里时，每盏灯的间距都在不断增加。从这座桥走到西面的另一座大桥，需要一个多小时，过了桥再经过体育馆，走过山脚下那条安静的马路，穿过那些陈旧的红砖小楼，一直到你的家里，也需要一个小时左右。他奇怪的是那时冬天的夜晚竟然不冷。每个月里都会有两个夜晚属于这条漫长的散步之路，不停地走着。不是一起向前，是面对面地走着。这道路的距离就是你们两个之间的距离。回到各自的世界里之后你们会通电话，很长时间，有时会说到天光微明的时候，整个身体都僵掉了，透过窗玻璃上没有霜花的地方，可以看见大理石般静寂冷清而又平滑微明的天空，然后是远处幽暗的山脉。他摸了摸自己的脸庞，放下听筒，两只轮换使用的耳朵差不多都失去了知觉。在其他的时间里，你们通信。

“王阳明《传习录》有一则《游南镇》。先生游南镇，一友指岩中花树问曰：‘天下无心外物。如此花树在深山中自开自落，于我心亦何关？’先生曰：‘你未看此花时，此花与汝心同归于寂。你来看此花时，则此花颜色一时明白起来。便知此花不在你的心外。’……天亮时，我拉上布满郁金香的窗帘，屏幕上出现最后一行暗黄色的文字……躺在细竹凉席上，闭上眼睛，给自己留下一个黑暗的地方，面对着墙，听外面各种声音随着光亮出现。过去的几个小时，漫长的梦，每一句话，每一段沉默……睡过整个上午，外面到处是热烈的光，我回忆一切细节。上街，世界依然如故，我已有所不同。看着世相，耳朵里却响着梦幻般的声音。词语。晚上我看到了树，在黑白的世界里，一缕暖流通过叶子和枝静静流向深埋土中的根。”这是最早的信了。你在回信中谈的是什么呢？他手里早就没有它们了，只有你还有。他只有残篇。“这三天过得真是不易。若是没有电话，你周围的人就会把你淹没，在你的声音出现的那一刻，我能看到你的头发、脸庞从人海波澜凌乱变幻中浮现，那么短促。在这里，除了到阳台上张望，什么都不能做，而远处有的是些破旧楼房、脏乱的街道、无精打采的人，破碎的纸片、塑料袋飘扬在空中，五月里日光混乱，室内阴暗。我试着在心里重建一个地方，说话，吃东西，散步，或者什么都不说，就那么待着。这几天，一直头疼。没有事可做。白天，晚上，某个时间里，你在做什么，想什么，是什么样的，光线是从哪个角度落到脸上……”而你的回复，则始终是那种电报体的文字：“我习惯了/习惯早早就听到你的声音/不知不觉/不知不觉你让我习惯/可是/今天/你哪里去了？/你的声音/你的人/我感觉不到你的气息/……/今天去了医院/人真脆弱/我很怕/去的时候就不停地抖/真的没用。”

“我不知道声音的世界会这样的奇妙，同我一向沉湎的文字世界是如此不同，黑暗降临、没有他人的时候，声音使世界浑然如一，你就在这里，转眼就能看到你，即使一动不动地背向着你也会清晰地感觉到你。我不知道幸福的感觉会如此浓烈地出现在声音里。时间不存在，那段声音里除了幸福什么都没有。在声音里我们挨着，眺望窗外那条黑暗的马路、远处华灯下的大街、往来的车辆、空寂的楼宇、偶然亮起的灯光、远处的树林，还有暗淡的山脉。这些是一，完全的一，无彼无此，无远无近，在声音编织的阿拉伯飞毯上，漫游天地之间，无所羁缚。如果不是青色的堆着暗淡积云的时间浮现，我真以为漫游会永无终了，正如你所说的，会在醒来后发现容颜已老，青丝成白发。它把现实空间再一次放在我们中间。外面逐渐亮起的那一切，正在响起的那些无关的声响，没有什么能为这刚刚过去的幸福做一下点缀，声音还在耳边重复，越来越远，很多人来了。如此惶惶然，幸福之后，是一无所有，不知所以。过了一段时间，我从工作中抬起头来，呼吸一下，看一眼外面，那个声音的世界忽又浮现了，你的声音、气息，依然如故，我恍然……”

他知道文字是另外的事。它们不能代替那些琐碎的场景，一点都不能。说个故事吧。“从前有个人，他有个梦。一天他去海边。沙滩是白色的。海水是绿色的。他赤足走着，后来停下来，在光滑结实湿润的沙滩上，用脚指头写字，后来就用手指来写。他随心所欲地去写，起初只是单个的文字，后来是简单的短句。他看到远处灰色的海鸟一动不动地待在岩石上，而别的大些的不知名的海鸟则在天空中无声滑行。他仍旧是安静的。直到那个女子在无意中经过这里时，他已经在海滩上写了很多字迹，和他平时在纸上写的不大一样了。她问他：‘你这是在做什么呢？’他说：‘写写字。’她一边读，一边笑着说：‘很有意思，你的字让我想到别的东西。’他想了想，说：‘你怎么会来这里？’她回答说是因为没什么事，以前也常到这里透透风，今天刚好经过这附近，就过来看一看。她说道：‘不过我想的是，我来这里之前，我来之后，都一样。是你的想法在不停地改变。’深绿的海水缓慢地失去了光泽，天晚了，太阳也落了下去，海滩上只剩下那些奇怪的文字，它们正在经历着被消磨、消灭的过程，先是在字画里充分地蓄满冷清的海水，然后厚厚的海浪反复地来到这里，使海滩恢复本来的面目。”这个故事其实最初讲的时候，被他演绎得有些伤感，现在放在这里，我拿去了一些敏感而又容易给人以造作印象的词句，如果让他重述一遍的话，他一定会觉得陌生。而你当时看着屏幕上这一行行似乎早就存在的文字不断浮上来，是不是隐约觉得此人真是一个非常敏感而奇怪的家伙？透过只言片语能感知到某种无法分析的东西么？

你是安静的，然而这安静也只不过是你的外壳。你是温暖的，虽然你自认这温暖并不多，却也足以温暖他的生活了。他有他的欲望与幻灭，而你有你的哲学——如果不能向前，那么还不如倒退，退下去，甚至退到很远处，就可以重新向前走了。其实一切早已预演过。所谓的结束可以通过你把手从他手里慢慢抽回来完成。离开长途汽车狭窄的空间，你们站在傍晚的街边，呼吸着凛冽寒气，他语无伦次地问着。没有为什么。只是一瞬间。第二天早晨，他昏昏沉沉地坐上出租车，一路上经过的，刚好就是他跟你经常走过的地方，在白天里，在这样的心境下，那些原本普通的景物——路边的灰白积雪，冰封的河面，以及河面上黑乎乎的冒着热气的洞，还有河对岸山脉上的雪，转眼都成了盐。一年中的最后一天。他跟朋友坐在冷清的房间里，再没什么可说的了。结束就是结束。没有什么能把结束变成延续。他有种天灵盖被突然打开的感觉，脑子里一阵冰冷，那些能产生记忆与思维并指导行动的东西全都暴露在冬天里了，所有的细胞都结了冰。然而，就像幸福变成痛苦只是抽回手的事一样，痛苦变成幸福，只是一个电话的事。你用了另外一种形式，看起来就像你用纸巾擦掉他嘴唇上的油渍一样简单而温柔。他觉得你就是上天派来引导他走出阴影的人。你从来都是那样安静地侧着脸看着他，就好像一直在等着他出现，然后带他离开。他感觉到了，可是没有真的懂得。

其实真正意义上的结束只能自己到来。就像死亡那样。不可预期，也无法回避。稍微多那么一点点好奇心，就足以毁了整个世界。你再也飞不动了。你收拢羽翼，在地上低着头安静地走路。你需要安静稳定的日常生活。不需要任何奇迹。你向后退去。这个世界上没有精灵也一样可以继续下去。即使不通任何占卜之术也一样可以继续下去。没有答案是对的。他去了南方，而你去了北京，继续你的服装生意，还有了婚姻。在南方，最初的一个月，他沉陷在回忆里，弱不禁风。后来他不去回忆那些美好的时刻与场景了，而是去回忆那些令他沮丧、恼火、嫉妒的场景，看到的、听到的，或者想象到的。他希望它们就像缀在笔端的墨水一样，能把那些文字般的记忆全部抹黑。他想起后来你开始准备离开时的样子，没有声音和表情，还有一个谎言……那时他没有想到你已离开了。他想到你在那人的办公室里帮着接听电话，处理些杂事……那时有很多时段都是空白的，任凭他如何胡思乱想都无法添补内容……你在商场里散步，你说一个人，而他就在商场外面，在你看不到的地方，等着你走出来，不是你，是你们，那人伸出手臂搂着你的脖子，而你们的表情看上去都有些郁闷，你心不在焉，但也还是自然的。有些个晚上你会忽然就消失了。他会突然打车跑到那座桥上，或者你家楼下的暗影里，希望能看到你，哪怕看到的是你们，也是好的，他与其说是在等着你，等一个人，不如说是在向你归还永远都还不清的什么。任何反向的努力都是徒劳的。你们在步行街上散漫地走着，并不知道他就在后面不远处跟随着，他最后忍不住打电话给你，因为他看你并不是快乐的样子，拿起电话，你就哭了，他也跟着哭了，还有那个人，在你身边的人，也跟着哭了，奇怪的场景，三人同悲、不知何为。就这样，他觉得自己可以离开这个地方了。他在南方的大城里把自己安顿下来，想念与你相关的人与事，景与物，想念丁子，甚至还有你丈夫、你未来的孩子，他觉得自己能像爱你一样爱上他们。这种无可救药的感情完全错了位。他竟然爱你们，而不只是你。这也是倒退，他如法炮制。

对于他来说，回忆并不会带来慰藉，但有可能使内心生活延续下去。想到了与你有关的什么事，或者是忽然遇到了与你相似的人，他会跟孩子似的突然兴奋起来。确实有这样的人。无论是肤色、脸庞、嘴唇还是牙齿，还有神情与举止，都与你非常相似。这种相似有些令他不安而恐慌。他把这个消息告诉了丁子，也告诉了别的人，每一次描述，似乎都不过是为了让自己重新确信一次，这是真的，而不是幻觉。谁能说不是幻觉呢？去年冬天里从那座商场你的专卖店经过时，他不就是与你面对面地只有一步的距离，而并没有马上看出是你么？那时你的形象是出乎意料地缓慢地唤醒他的记忆的。刚从睡眠中被惊醒的丁子过了好半天才进入他的语境里。她声音懒散，那边在下雪，天气倒并不冷，昨晚她基本上没怎么睡，现在整个人都有种漂浮在水上的感觉。她似乎并不想与他探讨那人与你像或不像的话题。她后来想了想，告诉他，你现在过得很好，正在考虑能有个小孩，每天生意上的事也很顺利……他听着，从大厦的底层屋檐下走了出去，外面还在下雨，毛绒绒的雨丝缓慢地飞舞着。他钻入出租车里，小声告诉司机地址，然后继续听着，她有些困倦了，她不清楚他为什么还会这样缠绕在过去的事里。他也不知道。他尽可能缓慢地解释自己的感受，出租车驶上了高架桥，外面流动的是光影与黑暗之物，他觉得自己随着出租车向上浮起又慢慢滑落，在这个湿漉漉的夜晚中画出了一道不明显的抛物线。是什么将自己这样随意地抛了出去然后又落了下来呢？他下了车，回到住处，坐电梯上去，开了楼道灯，有些犹豫地走到自己的门前，拿出钥匙，开了门，他说：“丁子，再见了，不打扰你了。”然后关上房门，反锁了。他有点累了。躺下去却又没办法入睡，索性就坐起来，仔细地翻着床边那些书，它们堆在他的周围，要想找到一本适用于此时此刻的书，实在是件困难的事。最后他把手重新停在了那本前些时候刚看完的书的书脊上，“长夜行”。他记得在那部书的扉页上杜撰了一首十八世纪法国王室瑞士卫队的队歌，他还给你读过：“我们的一生是一次旅行，在严冬和黑夜之中，我们寻找自己的路径，在全无光亮的天空。”这段话，现在是不是只与这部书本身有关了呢？如果是这样的话，那他觉得就应该把你的最近的一段话写在下面：永远不说，就是永远……

罗　台

最初，我怎么也想象不出，唐朝大将薛仁贵征东时会经过我们这里。后来学过历史，才知道确实有这么回事，他们的对手是高句丽，也就是朝鲜的前身。唐军扎营的地方，叫“大伙房”，是一个很大的河谷地带，浑河出山前经过这里，并与苏子河、社河等支流汇聚。五十年代中期，这里被修成了辽宁省最大的水库，就叫大伙房水库。修建这个水库，据说是动用了几万人力，修了四五年，建成后蓄水量达二十多亿立方米，最宽的水面有四公里左右，最深处近四十米。要是把水库里的水一下子都放出来，会把沈阳、抚顺都淹没。这里在满语里，名为萨尔浒，是“木橱”的意思。夏天里，人们会来这里游泳。水很清净，游到水中央时，要是喝一口水，会发现水是甜的。把水盛在玻璃杯里，水体高过杯口有硬币厚的那么一层，都不会溢出。还有很多人在这里钓鱼。我看到过钓上来的最大的鱼，有两米多长。但据钓鱼经验丰富的人讲，这还不是最大的鱼呢，最大的鱼，应该有十多米长……有时钓鱼人在月光明亮的深夜里，会看到水面上忽然掀起一阵波浪，从波及面就能估量出那鱼确实有那么大。有个钓鱼老人，喜欢下那种地钩，因为能钓上大鱼……他会把钩绳拴着大脚趾，然后自己睡在水边山坡上，鱼上钩了就会把他拉醒……后来他淹死了，据说就是被大鱼拖到水里的。他死的地方，涨水前是一大片种满了大豆的地，后来雨季时被水淹没了，有人说大豆的香味儿会引来大鱼。离那里不远，就是罗台山。山上有几家很隐蔽的宾馆或招待所，那里是看水库风景视野最好的地方，尤其是烟雨蒙蒙的天气里。罗台也叫洛台，也是满语，意思是树木稠密。

马丁之痛

般德拉格，森林的边缘，斑鸠落到早晨的树冠里，压得墨绿枝叶忽悠摇动，缓慢地，阳光从参天大树的行列后面透射过来，一阵阵地，把草地染成金黄的色调，仿佛一种可以流动的液体向四处不断地漫延着。我的时间停住了，或者说隐藏了起来。虽然窗台上的黑色小钟还在安静地走动，可是我的时间自己停在了某个地方，转眼间就看不到它的踪影。穿过草地，露水渗透了鞋子，湿了脚趾，那一瞬间里，你开始变得透明了，时间不在身体里了，什么都没有，只有你在走动，仿佛空气的一部分，通透得如同玻璃，柔软得像是成熟的樱桃，如此具体而又透着亮光。只有我一个人过早地醒来了。

切开小小的椭圆的西红柿，这个早晨就在里面闪着光泽。洋葱的气息迅速膨胀着屋子和眼睛，奶酪融化在火腿的下面，通心粉如此美妙，香草的碎末纷纷落在上面的时候，马丁关上车门，俯身看着厨房的窗内，额头几乎要贴上了窗玻璃。他从冰箱里拿出块奶酪，切下一小块，搁到嘴里，慢慢地咀嚼。他觉得我的意式通心粉做得色彩斑斓，难道你们中国人都是厨师？他为自己的这种带点幽默感的恭维方式感到得意，然后又若有所思地坐下来，把腿伸展开，他顺手从桌子旁的箱子里拿出一瓶黑啤酒，自得其乐地倒入杯子里。“这种是甜的，”他喝了口说道，“还有一种是苦的。”他每天早晨都要喝点这种甜啤酒。“那苦的呢？”我接着问道。他想了想。“心情好的时候喝吧。”诡秘地一笑。

他的侧面，看上去有些像弗洛伊德的某幅肖像画，速写的那一种，当然，马丁的面部线条更锋利一些，银边眼镜似乎也更为精致，眼神闪烁，而不是那种深邃的宁静。坐在车里，我一直在看他的侧面。他开车来接我，从明斯特机场空空荡荡的候机大厅里，把我带到了这里，交叉的高速公路进入高大的林荫里后就变得简单了起来，幽深而狭窄，不断地转弯，成群的喜鹊慢慢扇动微亮的有着白边儿的翅膀飞过半空，有时候还有乌鸦在田地里跳动。十四世纪的时候，曾有国王到这里避暑居住，还有主教们，很多年都是如此。“现在，那幢底层是博物馆的建筑里有我的办公室，”马丁不动声色地说话，“哦不，没有别的人了，只有一个，我自己。”

他摇着头，把车子开得飞快。一群肥硕的花牛停留在那片并不宽阔的草地上。林荫路两侧的大树越来越茂密了，遮天蔽日地向我们的背后缓缓移动。还有很多鸟。见到他之前，我在机场等了他半个多小时，他解释说是因为早晨要给儿子做早餐，他的二十岁的儿子。这小子不喜欢他做的东西，不过他还是要做好它们。三十分钟过去了，我们停在了赖纳的深处。德语里怎么说？他从快到慢地为你作示范，圆滑轻巧的小舌音，从他的嗓子里反复浮现。就像打个哈欠。他已经五十六岁了。这里很像家的，他边俯身打开小楼的门边对我说道，当然，没有女人。随后，他就消失了。

中午的阳光晒得长椅有些发烫的时候，马丁坐在了那里。我抽烟。他早已戒掉了。三年前的事。戴德马把一件喷到木板上的图片作品固定在架子上，慢慢地往两个脚与地面的接合处注入调好的水泥。没有结婚的中年男人，戴德马抽烟，每天一包半。“每次他只用不到九分钟的时间做早餐、中餐还有晚餐。因为他没有女人。”马丁说。戴德马笑了。“因为想有不同的女人。不过，这样的话……”马丁抬起右手做成手枪的形状，对准自己的脑袋，嘴里发出很像的枪声，他的意思是没有女人可以避免开枪自杀了。几只鹰在高空中飞行。天色浅蓝。鹰的翅膀伸得很直，像片影子似的，飘浮在明白安宁的天空上。他站起来，有些吃力，然后一瘸一拐地走开了。我到那里的第二天上午，开始下雨的时候，他的腿就开始疼痛了。这是他做运动员时留下的病根，三十年前，他曾是皮划艇运动员。这样说的时候，他左右手仿佛握住了什么船桨，缓慢划动着，力量感十足。

他有一双温柔的眼睛。然而，他们仍旧说他是一个商人。他拖着膝盖积水的那条右腿，一歪一歪地从博物馆前的小路上走过去，他的腿真的出问题了？昨天还没事呢，他们表示怀疑。我也觉得奇怪。在展览开幕前，那个负责管理修道院改成的艺术中心的负责人，一个粗暴的女人，完全摆脱了他的方案。那是个非常幽静神秘而又美妙的地方，穿过那片历代修士的墓地，就可以看到修道院外面的池塘，里面有两只天鹅，还有一对野鸭，而夕阳刚刚落到树林的后面，溅起微红明亮的云雾，在那些重重叠叠的黑色树冠上面。马丁把右腿伸开，用右手轻轻摁了摁。我也伸手摸了摸他的膝盖，已经套了很厚的护膝，他歪着脑袋，无可奈何地嘀嘀咕咕地说着这膝盖伤病的来历，总归是离不开当年的划艇运动，明天他要去医院，把积水抽出来，他用手比划着，一根中指摆出针的样子，要从侧面刺入膝盖。

他深吸了口气，摇摇头。“这条腿当年是有保险的，”他说道，“可保险并不等于没有痛苦。”外面开始下雨，寂静的雨点垂直降落下来，如果不留意的话，都听不到它们发出的声息。过了一会儿，雨住了。已经是晚上九点左右，天空仍旧没有黑暗下去。他开着车，带着我们，到赖纳城中吃晚餐，喝那种他认为最地道的白兰地，用那种小巧的窄口玻璃杯子，这样，他把嘴努动着，可以充分品味它的特殊香味。我们在街上转悠。

天光缓慢地暗淡下去。在另外一家街角的酒吧里，我们喝着啤酒，随意地聊天，说着笑话。马丁坐在边上，偶尔做个怪脸，其余的时候，则是沉默不语，慢慢地喝着那杯红酒。有人问他，今天怎么不回去给儿子做饭了呢？他耸了下肩膀，今天他妈妈负责。他老婆据说是个警察。她女儿也是警察，而且还是几百个警察的头儿。还有两个女儿不知道在什么地方。他唯一的儿子跟他住在一起，那孩子身体不大好。

我们开他的玩笑，那时他正把车子开到高速公路上，车灯照亮了旁边的路牌，一辆豪华的敞篷黑色奥迪从我们旁边飞驶而过。“马丁，你为什么不弄一辆那样的好车开呢？”他大声回答道：“你知道么，只有丧失性能力的男人才会把心思花在开这种好车上面。”“那你呢？”“我？”他拍了拍右腿，“我只是这里出了点小问题。”车里人大笑起来。他也笑了。车灯照亮了林荫路两侧的合抱粗的大树，像是即将进入一个古老而新奇的魔幻世界。有一个老人在跑步，背部被车灯照得雪亮。最后，车子停在了小楼前的草地上，灯熄了，转眼就沉浸于黑暗里。他们在外面摆了张桌子，弄了些熟食和酒，边聊边喝。马丁坐在那间宽敞的有壁炉的饭厅里，戴德马在一边慢慢地喝着啤酒，表情沉默得近乎凝固。戴德马走了。他一个人继续坐在那里。

后来，也就是次日早晨，戴德马带我去市政厅改签证的那天，我随口问起了马丁的家庭。他有些尴尬地笑了笑，想了一下，说："马丁最近情况不太好，他妻子正在跟他办离婚手续。而且，因为多方面原因，可能到年底他就要退休了。他得一个人过晚年的生活了。"难怪他在此前的开幕仪式上讲了那么长时间的话，最后又是那么的平静。这样确实不大好，我想，并且说道："这样确实不大好。"这一次，戴德马没有应答。

晚上，我回到房间里，打开灯，把门反锁上，这个动作让自己觉得有些好笑，可并没有去纠正，它不过是说明我是个缺乏安全感的人，而那样反锁的结果是我感到了某种接近安全的感觉。洗过澡，把衣服整理好，还有随身带来的那些物品和书籍，看了会当地的华人报纸，它的乏味并没有让我很快地产生睡意，相反，却促使我去找别的书，躺在床上，在台灯的光圈里，继续看下去。过了几分钟，我不想看书了。我把随身带的MP3里的收音机打开，几段噪声和空白过后，是个成熟沉稳的德国男人的声音，他似乎在叙述着什么事情，而我，是无法获知的，我只是喜欢他的语调和节奏，我听了下去。忽然间，我抬头看了看窗台上的那只黑色的石英钟，它的指针缓慢而稳定地移动着。我减去六个小时，知道此时国内的时间已是上午，然后就想到了一些人和事，还有些场景，有个什么东西，从心里某个角落里浮了上来，知道了，我的时间又回来了，它没有任何变化，以那种从未变化的速度，向前走下去。我重新拿起那本书，很艰难地看下去，直到外面鸟声重新出现。